城崎の夜

井上あゆみ

kinosaki no Yoru

文芸社

我が子

夏の日の夕暮れ、英子は大谷川にかかる愛宕《あたご》橋を渡ろうとした。その時、一人の青年の肩に英子の日傘が少しあたった。

「ごめんなさい」

と軽く頭を下げた英子は何もなかったかのように通り過ぎて行く。

この日、久しぶりに早く座敷を終えた英子は、姉の家に向かう途中であった。同じ湯島にある姉の家と英子の住む置屋とは、さほど離れてはいないが生活がまるで反対のため、月に一度しか顔を出せないでいる。

姉の家は何の変哲もない小さな雑貨屋であるが、英子にとっては心の安らぐ家と同時に我が子に会える唯一の場所でもある。

英子は五年前、妻子ある男性に恋をした。相手の言葉を信じて情を重ねてきたが、子供が宿った事を知った男は、プッツリと英子の前から姿を消した。それでも一人で愛する男の子供を産んだ。乳飲み子がいては仕事もできず、かといって姉に無心をするわけにもいかず、当時、主人を亡くし、子供のいなかった姉に無理をいって見てもらっているところである。

家に着いた時、部屋で四歳になるアヤが一人で遊んでいた。

「アヤちゃん」

英子が子供に声をかけた。

「まま、おねえちゃんがきたよ」

と姉を呼びに行くその後ろ姿を見ながら、英子は少し肩を落とす。

大人の身勝手でアヤを産み、その後も月に一度しか会いに来てあげられない自分を責め、親を選べない子供の人生……アヤと会うたび、英子の心は痛む。アヤを恨む事のできない自分が恨めしく、涙が込み上げてきた。

その時、姉の洋子がお盆を片手に入って来た。

「少し早いけど、もう閉めちゃった。今日は、泊まっていけるの？」

「そのつもり……」

「何よ、その顔は。仕方がないわよ。もう四年になるんだもん」

「……」

英子は黙っていた。

「だから前から言ってるように、養女の事を考えてって言ってるのよ。その方がアヤのためでもあるんだから。会いたい時には、いつでも会いに来られるんだし」

「そんなに簡単に言わないで」

「私の身にもなってよ。来るたびに、そんな顔をされたんでは見てられないもの。あんたも可哀相だけど、アヤが不憫《ふびん》で……」

「もう言わないで」

「そうね、アヤが怪しむわ」

おとなしく遊んでいたアヤが、突然やって来た。

「おねえちゃん、あそぼう。そとであそぼう」

と英子の手を引っ張る。

「あら、あら、危ないわ。そんなに引っ張らないで」

英子は嬉しそうに外に出た。そして、弁天橋の袂《たもと》にある長椅子に腰をかけた。

「アヤちゃん、後ろを見てごらん。鯉がたくさん泳いでいるわよ」

「あかいのもいる。ほら、あそこにちいさいおさかなもいる」

「ほんとだ。鯉の赤ちゃんね」

「あかちゃんはちいさいね」

「そうよ。アヤちゃんも赤ちゃんの時は小さかったんだから」

「おねえちゃんはどうしてしってるの？」

英子はドキッとした。

「だって、ママがそう言ってたもん」

「ふーん」

アヤは気のない返事をした。

「アヤちゃんは、いつもここで遊ぶの？」

「くるまがあぶないからひとりでそとにいってはだめだって。でも、きょうはおねえちゃんがいるからいいの」

話をしている間にも、この狭い道を車が頻繁に行き交っている。

「ほんとに危ないわね」

「うん」

一時間も話をしていないのにアヤが急に帰ろうと言い出した。

「どうしたの?」

「あんまりおそいと、ままが……」

「今日は、お姉ちゃんがいるから大丈夫よ」

「でも……」

アヤの姉に対する気持ちを羨ましく思う英子である。それでも、英子にとってはアヤと一緒にいられた事が最高の喜びであった。

家に戻ると、姉が早めの夕食の支度をしていた。

「まま、おてつだいする」

「いつもお手伝いをするの?」

「ときどき」

「いい子ね。お姉ちゃんはアヤちゃんが大好き」

「まま、おねえちゃんがアヤのこと、だいすきだって」

「ママも大好きよ。だって、アヤはいい子だもん」

姉の洋子は、英子の顔を見て軽くウインクをした。

そして夕食後、三人で話をしたり、ゲームをしたり、アヤが眠くなるまでの時間を一緒に過ごした。

アヤがベッドに入った後、英子は姉としばらく話をした。

「あんたにいいとこ見せようと思って張り切っていたわね、今日のアヤ。いつもはあんな事はしないのよ」

「あら、そうなの？」

「どんどん知恵がついてきて、幼稚園に行くようになってから、いろんな事を覚えてくるの。良い事も悪い事も」

「悪い事って？」

「言葉遣いよ。時々、びっくりするような事を言って……」

「みんな、そうやって大きくなるのよ」

「随分とわかった事を言うじゃない。一緒に生活していると、ちょっとした事でも心配になるものなのよ」

「悪いと思っているわ」

「いつまでこんな生活が続くの？」

「……」

「もうすぐ、アヤも学校に行くようになるのよ。自分の事よりアヤの事を考えてよ」

「わかっているわ」

「今、引き取って一緒に暮らしても、座敷に出ている以上、アヤが一人で寂しい思いをするのは目に見えているんだし、そんな思いをさせるのは嫌だわよ」

姉の言葉は、いつも英子の胸を苦しくさせた。しかし、今の英子にはどうする事もできないのが現状である。

姉が再び養女の話を持ちかけたが、英子はきっぱりと断った。

出会い

街の中心を流れる大谷川に沿ったこの両道には、いろいろな店が犇《ひし》めき合っていて、中には旅館、スナック、バーもあり、ここが英子の仕事場である。昔は大勢の芸者衆がいたというが、今はコンパニオンと称する若い女性の姿が多く見られる。

次の日、英子はいつものように仕事場に戻った。

「アヤちゃんは元気だった？」

「ええ。元気だったわ」

「大きくなったでしょう。もういくつになったの？」

「四歳です」

「今が一番、親を恋しがる年ねぇ。でも、近くにいるんだから心配ないよ」

「そうね……」

気のない返事をする英子を見て、首を傾げる仲間であったが、英子はそれ以上の事は話そうとしなかった。

その日の夕方、英子に二組の仕事が入った。滅多にフリーの客がいない英子は、まだ仕事の入っていない仲間に応援を頼んだ。

「後の座敷が八時からなので、その時間にお願いしてもよろしいかしら？」

「わかったわ。行ってらっしゃい」

英子はお礼を言って、置屋を後にした。

三木屋に向かう英子の姿は、ひときわ美しい。美しい英子の姿に、街行く人は時折、振り返る。車を使うまでもなく、指定の旅館までは歩いて行けた。

「いつもありがとうございます」

と三木屋へ入ると、人柄の良さそうな旦那が迎えてくれた。

「今日も一段と綺麗だね」

「ありがとうございます。お部屋はどちらでしょうか？」

「悪いが、フロントで聞いてくれないか」

英子はもう一度、旦那にお礼を言って、客の待つ部屋に向かった。

襖《ふすま》を開けると、そこには、時折呼んでくれるお馴染みの顔があった。入口で挨拶をして、いつものように社長の前に座る。

「二日前に来たんだが、君は休んでいたね」

「私、月曜日はお休みなんです」

「そうか。知らなかったからなぁ」

「あら、一度言ったと思いますけど」

「もう年かな？　若い男でもできたんじゃないかと心穏やかじゃなかったんだぞ」

「本当ですか？」

「本当だとも。飯も喉を通らなかったんだから。なぁ、水野？」

「そのわりには、よく食べてたなぁ」

「この裏切り者が。まぁ、いいさ」

客が英子の肩を引き寄せた。強い力で引き寄せられた英子は、手に持っていたお酒を零《こぼ》してしまった。その酒で着物を濡らしたらしく、すぐに身を離す。

「すまん、すまん」

「いいんです。すぐ乾きますから」

「染みになるんじゃないか？」

「この分、また呼んでくださると嬉しいわ」

英子が悪戯《いたずら》っぽく客に微笑んだ。

「君のそんなところがいいんだよなぁ。この前なんか、大変な弁償をさせられてね。着物って高いなぁ」

「そんな方もいらっしゃいますが、私の着物はそんなに高価な物ではありませんから、心配しないでください。さぁ、飲みましょう」

このくらいの客になると、着物の善し悪しは一目でわかる。英子のそんな控え目なところが客を魅了するのかもしれない。

楽しい時の二時間はすぐに過ぎた。英子は次の座敷が気になり始めていた。

「社長さん、ごめんなさい。次の座敷が早く終わるようでしたら顔を出しますから。今日は、これで失礼します。ありがとうございました」

「売れっ子は忙しいね。君より美人を頼むよ」

「英子より美人はいないといつも言ってるじゃないですか、社長」

脇から、若い社員が社長を茶化す。

「そう、ざらにはいないでしょう」

とまた、誰かが口を出した。

客を残して立ち去る英子の後ろ姿は、妙に色っぽく、そんな英子の我儘《わがまま》を客はいつも許してきたというか、許さざるを得ないほど美しい英子なのである。

そして、足早に次の座敷に向かった。

フリーの客だと聞いて、英子は一瞬戸惑った。全員初めての客ではあったが、英子が部屋に入ると客は親しげに、

「やぁ、待ってたよう」

と大袈裟《おおげさ》に騒いでみせた。

「はじめまして、英子と申します。よろしくお願いいたします」

「噂にたがわず、綺麗だねぇ」

「まぁ、お口がお上手だこと。でも嬉しいわ」

「君一人かい?」

「すぐに見えると思いますけど、私一人では駄目ですか?」

「君を人に取られたくはないからね」

「社長、独り占めはいけませんよ」

英子は軽く微笑んだ。

「今日は、大切なお客様なんだ。若いけど、院長でね。よろしく頼むよ」

「そんな大役、私でいいのかしら?」

英子は責任を感じたものの、若いのに院長だとしたら、どこかのドラ息子だろうと思い、少し心が曇った。

「社長さん、その人ってどんな感じの方ですか?」

「俺も初めてなんだ。でも、みんなの話によるとなかなかの好青年だということだが。さすがの君でも気になるかい?」

「それはもちろん。大切なお客様ですもの」

雑談をしている時、

「遅くなってすみません」

と人なつっこそうな青年が入って来た。

その顔を見た瞬間に英子の身体は凍りついてしまった。あまりにも、アヤの父親の幸三に似ていたからである。顔立ちの良いこの青年は、幸三よりもやや背が高く、恰幅も良い。しかし、その雰囲気とちょっとした時の目の辺りと口元は、幸三そのままである。

英子の心は大きく揺れた。まともにお酒もつげず、その酒をつぐ手も震え気味で、どことなくぎこちない。

二人の間にいた英子が、身体を社長の方にずらすと、

「今日は彼を接待してくれ、頼む」

と小さい声で囁く。

英子は仕方なく、また青年の隣に座り直した。

芸者の中でもひときわ美しい英子に、青年は時折、視線を注ぐ。その視線に気づかない英子ではなかったが、あえて目を逸《そ》らしていた。しかし、先ほどから気になっていた。どこかで見たような気がしていたからである。その時、

「あのー、間違っていたらすみません。いつだったか、橋の袂で会いませんでしたか？」

「私も先程から気になっていたんです。まぁ、あの時の……」

英子はその時の事をはっきりと思い出したが、話を合わせただけで、それ以上の事は話さなかった。

今までにない心の動揺を感じていたからである。今でも自分を捨てた幸三を嫌いになったわけではな

い。英子の心には、まだ幸三を思う枯れない花があった。そして、この青年には、なるべく接近したくないという思いが英子にはあった。また同じ間違いを繰り返しそうな、そんな気がしたからである。英子は惚れっぽい性格ではないが、好きになってしまうと一直線のタイプである事を自分なりによく知っていた。

平静を装ってはいるが、落ち着きなくこの青年の姿を追う英子の目がそこにはあった。

何故か、この二時間の座敷は長く感じる。座敷も終わろうとした時、

「よろしかったら、この後、お茶でもどうですか？」

と院長が寄って来た。

「ありがとうございます。でも、今日は用がございますので……」

「じゃ、この次にでも」

「すみません」

別に用があったわけではない。どうして断ったのか自分でもわからなかった。

「これでいいんだわ」

英子はひとり呟いた。

このまま置屋に帰る気もせず、英子は幼馴染みである妙子の店に寄ることにした。

ドアを開けると、まだ早いせいか客は一人もいなかった。

「どうしたの？」

といつもの太い声の妙子がカウンター越しに顔を出した。

妙子は、この湯島で『うらら』というスナックをやっている。この名前の由来は、なんとあの山本リンダの「うらら、うらら」から取ったというが、なんともユニークな妙子らしい命名である。

彼女と付き合い始めて、もう二十年になるが、妙子に比べると英子は同じ年とは思えないほど考え方は幼くて、妙子に言わせるとそんな英子を放っておけないらしい。英子の顔を見ただけで、何かを察して知る妙子であるが、自分からは絶対に口にする事はしない。英子とは正反対の性格で、気が短く、大ざっぱな妙子だが、人の心を傷つける事もしない。そんな優しい面をもつ女である。

「どうしたのよ。今はお客がいないからいいけど、お客が来たら、そんな顔をしてないでね」

「ごめん」

「あんた、何かあるとすぐ顔に出るんだから、気をつけないと」

「何でもないわよ。ちょっと飲みたかっただけよ」

「それだけならいいけど……」

妙子は意味ありげに言った。

妙子の気持ちを察してか、英子は急に明るく振る舞った。

「さぁ、飲もうか。ウイスキーちょうだい」

「ほんとに喜怒哀楽が激しいんだから、あんたは」

「妙子も飲んで」

「大丈夫なの？　そんなに飲んだりして……ほんとに何でもないのね？」

「ないわ。ありません」

英子は少しおどけて見せた。

妙子は水割りを二つ作って、一つを英子に渡すと、英子はそれをいっきに飲み干した。

「あぁ、美味《おい》しいわ」

「やめてよ、そんな飲み方。酔っぱらっても知らないわよ。あんまり私に心配させないでよねぇ」

「大丈夫よ。今まで私がメロメロに酔った事があって？」

「勝手にすれば……」

口調はきついが、どことなく寂しげに見える英子が心配であった。そっとしておいてあげよう……きっと何かあったに違いない。そう感じ取った妙子は言いかけた言葉を飲み込み、胸にしまい込んだ。しばらく相手をしていたが、酔いが回るにしたがって、英子はまた無口になり涙ぐむ。ちょうどその時、一人の客が入って来た。

「さっ、英子、二階で待ってて。いいわね」

妙子の言葉に英子は素直に従って、横の細い階段を上がって行った。

「美人だねぇ。ママの友達？」

「幼馴染みなのよ。いろいろあってね。酔いが醒めればケロッとしているんだから。いつもの事なのよ」

「ママも大変だね」

「お客の酔っぱらいに比べたら何でもないわよ」

「お客さんって、そんなに大変なんだ」

「ベロベロになる人がいるんだから」

「へぇ……」

この客はおとなしいらしく、妙子の話を感心しながら聞いている。

従業員の泰子が三人の客と一緒に入って来た。

「ママ、珍しい人を連れて来たわよ」

「誰?」

「よっちゃん、おいで」

外に隠れていた男が顔を出した。バイクの事故で入院をしていた海老名義雄であった。

「あら、いつ退院したの?」

「一週間前です」

「大した事故じゃなくてよかったわよ。びっくりしたんだから。シワが増えたわ、あんたのお陰で」

「どうもすみません。もう、夜は乗らない事にします」

「そうよ。ここから歩いて帰れるんだから。飲んだら乗らない。わかった?」

「はい」

久しぶりに顔を見せた海老名と話をしている間に店はいっぱいになった。いっぱいといっても、カウンターだけの小さな店である。

二階に上がった英子は窓を開け、ひとり、物思いに耽《ふけ》っている。酔いが回ってきたのか、妙子のベッドに横になると、そのまま眠ってしまった。

従業員の泰子が時々様子を見に上がって来たが、英子が寝ているのを確かめるとまた下りて行く。妙子は、「よく寝ています」の言葉を聞くと安心して、客の相手をした。

妙子が店を閉めたのは十二時を少し回っていた。片付けもそこそこに二階に上がると、英子の姿はなく、一通の手紙がテーブルの上に置かれてあった。その手紙には、

「ごめんね。昔の事を思い出していたのよ。

また、座敷が早く終わった時に遊びに来ます。

今日は本当にありがとう。

英子」

「まったく、しょうがないんだから……」

妙子は溜息をついた。天井を見上げたその顔に、少し疲れが滲《にじ》んでいた。

女ごころ

一ヶ月が過ぎた九月。

英子は朝の九時頃、いつものように踊りの稽古に出かけた。

青年に出会ってからの英子は、何かに取りつかれたかのように稽古事に夢中になった。身体をがむし

ゃらに動かしていないと余計な事を考えてしまう。弱い自分が出てきそうな、そんな気がしたからである。時折ぼんやりする事はあっても、それ以上深く考える事はなかった。というよりも、自分でそう仕向けていたのかもしれない。

稽古を終えた英子は街に出た。目的もなく、ウィンドーショッピングを楽しむつもりで南柳通りをぶらついていたが、可愛い縫いぐるみが目に入ると、反射的にアヤの顔が脳裏に浮かんだ。そこでアヤの大好きなパンダを買い、その足で郵便局に行く。その後、軽く昼食をとり、洗い張りに出していた着物を受け取って、またぶらぶらと街を歩いた。そして、四時頃、置屋に戻った。

「随分、ゆっくりしてたのね」

「たまには、ゆっくりしたいわよ」

「それもそうね。でも十分、睡眠を取らないとお肌に悪いわよ。私たちのような仕事は、生活の臭いが顔に出たらお仕舞いよ。気をつけないとね」

「わかってまーす。私も三十を過ぎてしまったんだし、そこのところはよくわかっています」

「学校を出ると時が経つのは早いわねぇ」

「ほんとね」

「そろそろ旦那でも見つけて、身を固めようかなー」

「マコちゃんは私と違ってまだ若いんだもの、慌てる事はないわ」

「それがいけないのよ。まだまだと思っているうちにすぐ三十、四十になるんだから」

「そうかもしれないわ」

「そうだ。どっちが早くゴールインするか、賭けようか」

「嫌だわ、マコちゃんったら」

「ね、ね、何を賭ける？」

「そうね……」

「着物？　それとも指輪？　早い方がどちらか貰う。どう？　こういうの」

「いいわよ、賭けましょう」

「いいわよときましたね。ところで、英子さんは予定があるの？」

「いいえ。マコちゃんは？」

「ない」

「それじゃ、出発点は同じね」

「よーし、頑張るぞう」

「あーら、私だって負けないわよ」

二人は目を合わせて笑った。そこへ、

「英子さん、座敷が入ったわよ」

と女将が入って来た。

「フリーのお客様ですか？　それとも……」

「指名よ」

「どなたでしょうね」

そう言って、英子がマコにガッツポーズをして見せると、マコはプイッと横を向いた。

指名と聞いて、馴染みの客だと思った英子は気が楽になった。


六時に旅館に着くと、英子は指定された部屋に入った。襖を開け、

「ありがとうございます」

と言って頭を上げた。その目の前に、あの院長が一人で座っている。

即座に英子の胸は高鳴った。平静さを装えば装うほど身体は強張り、挙げ句の果てには着物の裾を踏み、軽くよろける始末である。年甲斐もなく顔を赤らめ、相手の顔を見る事もできないまま、院長の脇に座った。

「英子です。よろしくお願いいたします」

「僕を覚えていますか？」

「ええ……」

英子は少女のように下を向き、小さな声で返事をした。

「相手が一人だと嫌ですか？」

「いいえ、そんな事は……」

「僕、新井といいます」

そう言うと、英子に名刺を渡した。その名刺には、「新井病院　院長　新井　一」とあった。

「大変なお仕事をなさっていらっしゃるんですね」

新井は黙って酒を飲んでいた。

英子は何から話をしたらいいものか悩んでいる。

「時々、いらっしゃるんですか？」

「いや、この前が初めてなんです」

「今日は、どなたかお見えになるんですか？」

「いや」

また話が途切れた。英子は恐る恐る聞いてみた。

「ご結婚は？」

「いや、まだです」

「まだ、お独りなんですか？」

「そうだよ。所帯を持っているように見えるかい？」

「ええ、落ち着いていらっしゃるから」

「もうすぐ三十になります。こんな仕事をしていると、なかなか縁がなくてね」

英子はこの院長が自分よりも七歳も年下である事を知った。しかし、時間が経つにつれて、爽やかな院長にどんどん惹かれていく自分が怖かった。

「今日はもう、お仕事の方は終わられたんですか？」

「ずっと徹夜が続いてね。たまには気晴らしをしないと身が持たないよ。今日は少し飲みたい心境なんだ」

「まぁ、何があったのかしら……」

「くだらん事さ」

新井はぶっきら棒に答えた。

「喧嘩でもなさったの?」

「まぁーね」

「喧嘩はいけないわ。相手と同じレベルに下がれば、その人が見えて来るものなのよ」

「そうだね。でも、相手がおふくろなんだ」

「あら、ごめんなさい」

「いや、いいんだ。結婚相手ぐらい自分で探したいよ、まったく……」

「心から愛した人でないと必ず後悔すると思うわ」

「穏やかじゃないね。そういう経験があるのかい?」

英子はドキッとしたが、しかし、そこは慣れたもの。

「一般論です。ご縁談なの? 素敵じゃないですか」

「そんなにロマンティックなものではないんだ。自分のために息子を利用するのはやめてほしいよ、まったく……」

「そのお嬢様の事を新井さんはご存知なの?」

「知ってるよ。ここのところ毎日病院に来ては、まるで女房気取りでね。うんざりするよ」

「そんな事を言っては可哀相よ。その方は新井さんの事をきっと好きなんだと思うわ」

「どう思っているかは知らないが、迷惑な話だ」

「もう少し時間をおいてよく考えてみては？」

「考える事なんかないよ」

まるで少年のような新井が可愛いくもあり、愛しくもあった。

英子は、早いピッチで酒を口に運ぶ新井が心配になった。

「身体に悪いわ」

「……」

「ごめんなさい。お医者様に言う言葉ではなかったわね」

新井はしばらく黙っていたが、急に正座をして英子の正面に座り直した。

「僕は君の事が忘れられなかった」

酔ったうえでの言葉だと思っていたが、英子は内心悪い気はしなかった。

「酔ったようね」

「僕は酒に酔ったりはしない」

「困った人ね。お酒はやめた方がいいようね。お茶をお持ちしましょうか？」

立ち上がろうとした英子の腕を新井は強く摑んだ。

「ここにいてくれ」

新井はすぐにその手を放し、また飲み出した。そして、戸惑う英子に、

「こんなつもりではなかったんだ。びっくりさせて悪かった」

と素直に謝った。

「気になさらないで、よくある事ですから」

英子はあえて営業的な言葉を吐き、新井を突き放した。

今、新井を受け入れてはきっと後悔する。七歳の年の差がそうさせたのか、院長という肩書がそう言わせたのか、新井を受け入れてはきっと後悔する。


あっと言う間に二時間が過ぎた。

「もうそろそろ、よろしいでしょうか？」

「今日はいいんだ。君がよければずっといてくれないか？」

英子はほかに仕事が入っていなかったが、しかし、このまま新井と一緒にいると自分に負けそうな、そんな気がしていた。

「ごめんなさい。まだ仕事があるものですから、今日はこれで」

新井は何も言わなかった。

英子はすぐタクシーを呼びに行った。

「お家の方が心配なさるわ。まっすぐ帰るのよ」

まるで子供をあやすような英子の言葉に、何故か新井は素直に従った。

そんな新井を見ていると、冷たくあしらった事で、新井の自分に対する愛が変わってしまうのではないか……複雑な女心が揺れ動く。

しかし、タクシーに乗り込んだ新井は窓を開け、

「また、明日来る」

と言い残して去っていった。

また、明日来る……新井のその言葉が強く英子の胸を抉《えぐ》った。どうして素直になれなかったのか……英子はよくわかっている。これ以上、近づいてはいけない。祝ってくれる人もなく、一人でアヤを産んだ時の事が思い出された。もう、あんな思いはしたくない。走馬燈のように襲ってくる五年前の出来事。英子は顔を覆った。同時に、自分は新井を愛してはいけない、好きになってはいけない人なんだと何度も心でそう思った。


この日、珍しく一つの座敷で終わった英子が姉の家に行くと、もう店は閉まっていた。

その夜、英子は寝つけずにいた。寝ついてもすぐに目が覚め、また寝る。この繰り返しでとうとう四時には起きてしまった。ベッドに座ってぼんやりしていると、耳元で、「また、明日来る」この言葉が繰り返し、繰り返し聞こえてくる。

「来ないで。来ないで」

英子は何度も口にした。そして、耐えられなくなった英子は、その声を払い除《の》けようと強く頭を振り、耳を覆った。

新井に会ったら自分は負ける。きっと負けてしまう。そんな自分が怖くもあり、嫌でもあった。

いまだに、幸三を忘れられないでいる自分。幸三と新井がダブって見える時がある。その心を新井にぶつける事で、幸三を忘れようとしているのかもしれない。英子自身も苦しんでいる。新井を愛してしまったのか……それとも、幸三の面影を追っているのか……女の計り知れない奥深い心。

英子は自分の気持ちを整理できないまま、今までの事を洗い流すかのように熱いシャワーを浴びた。

失落の休日

少し肌寒い日が続く十月。

久しぶりの休日、英子は里子と二人で大師山に出かける事にした。寿司屋『おり鶴』で早めの昼食を済ませ、店から月見橋までの距離を日ごろの運動不足気味の身体を思ってか、二人はあえて歩いていく事にした。

「私、この街が大好きなの。歴史と文学、そして、出湯《いでゆ》の街。ロマンティックだわ」

「大谷川も風情があっていいわね」

「この通りも好きだわー」

「里子ちゃんが文学少女だとは知らなかったわ」

「趣味といえば読書ぐらいかなー。読書というと格好はいいけど、マンガも読むし、小説も読むし、何でもいいの」

「最近、本を読む暇がないの。座敷に出て、終わって寝て、これの繰り返しだもの。休みの時はアヤに会いに行ったりで、子持ちは本を読む余裕もないのよ」

「でも、子供って心の支えじゃない。いいなー」

「みんなが思うほど、心は豊かじゃないのよ」

「あら、どうして？」

「私の事を母親だとは思っていないもの。四年も離れて生活していると駄目よ。会いに行っても姉に向かって、『まま、おねえちゃんがきたよ』これですもの。寂しくなるわよ」

「いろいろと大変なのね」

「そうよ。子供がいるとそれだけ悩みも増えるの」

「慌てて結婚する事もないか……」

「結婚ばかりが人生ではないと思うわ」

普段、あまり歩く事のない二人は、ここまで来るのが精一杯という感じである。月見橋までの距離は思ったよりも長かった。

「ここからロープウェーまでタクシーで行こうよ。思ったよりきついわ」

最初に里子が音《ね》を上げた。

「本当に運動不足なのね、私たち」

タイミングよく、里子が空車のタクシーを見つけた。感じの良さそうな運転手が窓を開けた。

「すみません、温泉寺までお願いします」

「あれ、里子ちゃんじゃないか。今日はお休みかい？」

「まぁ、井上さん。いつもお世話になってます」

二人はタクシーに乗り込んだ。

「それでは、湯飲場《ゆのみば》から薬師堂を通って行きますけどよろしいですか？」

「お願いします」

「今日は、お休みですか？」

「そうなの。たまには気晴らしをしないと、身体がなまっちゃうもん」

「美人のお客さんだと嬉しいねぇ」

「そうでしょう」

と里子は笑った。

「失礼ですが、英子さんでは？」

「そうですが」

「やっぱりね」

「どこかでお会いした事がありましたか？」

「いいえ、お客さんの話によくお名前が出てくるものですから。すぐにわかりましたよ」

「あら、怖いわ。どんなお話かしら？」

「言われる事は、皆さん一緒です。美しいだけではない、性格も最高だって」

「私を買い被っていらっしゃるのよ、皆さん」

「そんな事はないよ。優しいもの。ほんとに優しい。女の私が惚れるんだから、殿方はたまんないわよねぇ、井上さん？」

「ほんとです。皆さんが騒がれるのがわかるような気がします」

「ありがとうございます。なんだか今日は、良い事がありそうな気がしますわ」

タクシーは西国薬師第二十九番を通り過ぎた。

「もうすぐ、城崎秋祭りですね」

「そうですね。お祭りを境に、また忙しくなります」

「十月十四、十五の秋祭り。そして、十一月のカニのシーズン。この時期がピークだわねぇ」

「あー、カニ。毎年の事だけど、十一月が待ち遠しいわ」

遠く感じた温泉寺も車で来ると思ったより早く、雑談をしているうちに着いた。

「温泉寺に着きましたよ」

里子が料金を払い車外に出ると、運転手の井上も外に出た。そして、

「あー、いい気持ちだー」

と二、三度腰を左右に曲げ、

「それじゃ、気をつけて行ってらっしゃい。もし帰りにご利用でしたら、電話をください。すぐに参りますから」

「そうするわ」


二人はロープウェーのチケットを買いに行った。

「緑がいっぱい」

「こんな素敵なところがあったのね」

「里子ちゃん、初めてなの？」

「そうなの。だって城崎に来て、まだ日が浅いんだもん」

「そうだったわね。それじゃ、私が案内するわ」

「英子さんは、よく来るの？」

「随分、前の話よ。アヤと姉と三人で来た事があるの」

英子は二年前の事を思い出していた。

「あっ、来たわよ」

里子の指さす方向を見ると、ケーブルはもう近くまで来ていた。

「近くで見ると、結構大きいわね」

里子は扉が開くと何の抵抗もなく飛び乗ったが、英子は揺れているのが怖いのか、おぼつかない足取りで乗って来た。

「怖いわ。だって、揺れているんですもの」

「これがいいんじゃないの。レールが付いたケーブルって見た事ないわ」

「そうだけど……」

突然、ケーブルが動き出した。そして、英子が大きくよろけるのを見て、里子は苦笑いをした。英子は相変わらず近くの鉄パイプにしがみついている。

「わー、下を見ると怖いわ」

と言っていた英子もしばらくすると慣れてきたのか、

「ほら、あそこを見て」

英子が指さした。

「何だろ。大きく羽を伸ばしているわ。きっとワシではないかしら」

「近くで見ると大きいね。英子さん、カメラ持って来た？」

「いいえ」

「なーんだ。英子さんが持って来ていると思って……」

「ごめんなさい」

「謝る事はないわよ」

「下から見るのと上から見るのとでは、また違った魅力があるわ。あー、来てよかった」

「ほんとに素敵だわ」

里子はポケットからドロップを取り出し、

「英子さんも食べる？」

と言ったが、どちらとも返事をしない英子の口にそのドロップを押し込み、自分も一つ頬ばった。

「あら、もう着いたのかしら」

大師山に着き、しばらくハイキングコースを歩いた。

「ここはね、自然歩道の大師山ハイキングコースで、きっと愛宕山まで行けるんじゃないかしら」

「そうなの？　行ってみようか？」

「今日は無理よ。そのつもりで来ないと。この格好だもの」

「じゃ、また必ず来ようね」

「ここも綺麗だけど、日和山《ひより》のマリンワールドも楽しいわ。自然の海が見られて。私、マリンビューにも行きたいわ。海岸線を豪快にクルーズするの」

「英子さんは結構、城崎をエンジョイしてるじゃないの」

「私でよければ、いつでも案内するわよ」

「楽しみにしていよーっと。ところで、少しお腹が空かない？　この辺でお昼にしない？」

「そうしましょう」

二人は適当な木蔭を見つけて、英子が朝早くから作った弁当を広げた。

「わぁ、すごい。これ全部、英子さんが作ったの？」

「そうよ」

「英子さんのご主人になる人は幸せね。料理のうまい奥さんをもつと旦那は外で食事をしなくなるって言うじゃない、最高だね」

「遠慮しないで食べてね」

「しませんとも。でも、太りそうで怖いわ」

「たくさん食べても運動すればいいのよ。食べないで痩《や》せるのはいけないわ」

「うーん、うまい」

「まぁ」

「ほんとだもん」

と言いながら、次から次へと口へ運ぶ里子。

「里子さん見ていると私まで元気が出るわ。健康的でいいわね」

「これがなくなったら終わりよ。これだけが取り柄なんだから。私には英子さんのようになれと言われても無理。無理な話よ」

「あなたのそんなところがいいのよ」

「食いしん坊なだけよ。帰りが楽なように英子さんも食べて」

「わかったわ」


楽しい昼食をすませた二人は、しばらくして西山公園側に行った。そして、公園側に回った時である。そこには思いもかけない人物がいた。年配の婦人と若い女性、そして一人の青年。この青年は紛れもなく新井一であった。英子は全身の力が抜けるようであった。

何を見つけたのか、里子がはしゃいでその三人の後ろを、

「英子さん、見て見て」

と駆けて行く。

その言葉に新井は振り向いた。英子と目が合い、罰の悪そうな顔をしたが、英子に向かって軽く頭を下げた。英子には、新井のそんな小さな行動など目に入るわけがない。早く、この場を立ち去りたい気持ちでいっぱいであった。

「里子ちゃん、帰りましょう」

「どうして？　まだ来たばかりじゃないの」

「ごめんなさい。急に用を思い出したの」

そう言うと、今、来た道を駆け出して行った。

次のケーブルが来るまでには、十分ほど時間があった。

「英子さん、どうしたのよ」

英子は返事をしない。

胸が大きく高鳴るのをどうする事もできず、落ち着きなくうろたえるだけである。あの夜の新井の言葉は嘘なのか。動揺する自分に、英子は紛れもない新井への愛を感じ、その気持ちを抑える事はもうできないと知った。年配の婦人が母親だとしたら、若い女性は、あの時、話に出た人であろう。どうして嫌だという女性とこんな所にいるんだろう。英子は新井が信じられなくなった。いろいろな事を考えているうちに英子の目から涙が零れ落ちたが、それを拭おうともしないでいる。その時、新井が息を切らして走り寄って来た。

「あんまり母がうるさいもんだから。何でもないんだ。嘘じゃない、信じてくれ」

この時の英子は、新井の胸に顔を埋めて泣きたい心境であったが、新井の後ろの冷たい視線がそれを妨げた。

何も知らない里子は、ただ呆然と二人を見ているだけである。英子はひと言も口をきかず、そのままロープウェーに乗り込んだ。

「いったい、どうしたっていうのよ」

里子の問いに、相変わらず押し黙ったままの英子である。里子はしばらく言葉をかけなかったが、普通でない英子に、

「どうしたのよ。話してくれたっていいんじゃない？　さっきの人と何かあるの？　何だかわからないけど、あんまり心配させないで」

「せっかくの楽しい日だったのに、ごめんなさいね」

「ほんとよ」

「ごめんなさい」

「いいって事よ。人間いろいろあるから……恋をしている英子。ズバリでしょ」

明るく振る舞おうとしている里子であるが、相変わらず英子の口は重い。

温泉寺に着いても、英子の様子は変わらなかった。

「井上さんに電話しようか？」

「そうね……」

「もう少し、歩く？」

「そうね……」

あやふやな英子の返事である。里子はこれ以上英子に問う事はせず、井上の会社に電話をかけに行った。

城崎秋祭り

今日は城崎秋祭りの日である。

英子が艶《あで》やかな姿で三木屋へ向かうと、旦那が盛り塩をしていた。

「やぁ、英子さん。今日は忙しいですよ。いつもありがとう」

「いいえ。こちらこそ、いつもありがとうございます」

「あっ、そうだ。今日の予約の中に新井さんという方がいらっしゃるんですけど、どうしても用があるという事で、九時頃になるそうですが予約を受けてしまったんです。悪かったかなー」

「とんでもないです。呼んで頂けなくなったらお仕舞いだわ。気を遣っていただいてすみません」

英子は丁重にお礼を言って、中に入って行った。


座敷に入ると、祭りの帰りらしい、いつもの顔があった。

「よっー、待ってました」

十分に下地ができていると見えて、いつもより賑やかな座敷になっている。

城崎に来るほとんどの客は、この美しい英子と二人で酒を酌み交わす事を夢見ている。しかし、いつも忙しい英子は、そんな客の望みを叶えてあげる事はできなかった。座敷から座敷、戻って来てはまた座敷といった具合に休む暇がない。

「また一段と綺麗になったねぇ」

「いい人でもできたんじゃないの？」

「こっちにも来てよ」

「部長、独り占めは狡《ずる》いですよ」

といろいろな声が飛んで来る。

余計な事を考えないですむためか、かえって忙しい時の方が英子の心は落ち着いた。高笑いをしながら、楽しそうに客と何やら話し込んでいる英子。この時点では、新井の存在を忘れているかのようであった。その時、

「英子さん、ちょっと」

と仲居が呼びに来た。

「新井様がお見えになりました」

新井の名前を聞くと、英子は落ち着かない。

「この二つ目のお部屋です。よろしくね」

仲居が去った後、高鳴る胸を鎮めていたのか、英子はぼんやりとその場に立っていたが、元の座敷へ戻り、

「延長できなくてすみません。本日は、ありがとうございました」

そして、静かに襖を閉めた。

新井の部屋の前に立つと、芸者ではなく、恋する一人の女になっていた。襖を開けて目をやった、テーブルの左手に新井が座っており、本に目を通していたが、その手を止めて英子を見た。英子も新井を見つめた。またその心は大きく揺れて、ついに涙ぐんでしまった。それを感じ取った新井は、そっと英子に近寄り引き寄せると、小さい声で、

「逢いたかった」

とひとこと言った。

それを聞いた英子は、よほど嬉しかったのか、肩を震わせて泣き出した。

新井はそんな英子を愛しく思った。

「今日はまだ、一滴も酒を飲んでいないよ」

新井は英子の顔ををじっと見つめ、

「わかってくれたんだね」

と言った。

新井の言葉に英子はコックリと頷いた。

「失礼します」

仲居の声がし、二人は慌てて離れ、テーブルに向かい合って座った。

「お飲み物はいかがいたしましょうか？」

「君はどうする？　僕は飲みたい気分だな、今日は」

「私も少し頂きたいわ」

「お酒？　それともビール？　僕は、お酒の気分だな」

「私もお酒にしますので、三本ぐらいお願いいたします」

「はい。それでは、すぐにお持ちします」


この間にも、外はお囃子《はやし》の音で賑やかである。

今日は十月十四日、だんじり祭り。上だんじりが神輿《みこし》を担ぎ、下だんじりが押す。同じ道を通りたい下だんじりは、行き先を封じている上だんじりに向かって進む。上だんじりは、それを通すまいと阻む。下だんじりが近づいてくると、上だんじりはその巨体を右に左にと揺さぶり、怒り出す。中央に乗って太鼓を叩く若い衆は命がけである。そして、明日十五日は本祭りで、もう一台の神輿が加わるという。

英子は都会の祭りよりも地方の祭りの方が迫力があって好きだった。

「お祭り、ご覧になりました？」

「毎年見てるよ。田舎の祭りはダイナミックでいいねぇ」

「私、怖くて行けないの。一度、王橋から落ちた事があるんです」

「近くに行くからだよ。前に出て写真を撮ろうとする人がよく落ちるんだ。あまり近くに行かない方がいい」

英子は祭りの事よりも大師山の事を聞きたかったが、どう話を切り出そうかと迷っている。

「こんな事を聞いてもいいかしら？」

「何だい？」

「この前の方が、お話の方なの？」

「そうだけど、もうやめようよ、その話。あの日はおふくろがうるさくて、一度でも行っておけばおふくろの顔が立つと思ってね。後は僕の問題だ。子供じゃないんだし、迷惑な話だよ」

「変な事を聞いてすみません」

「いいんだ、気にしてはいないから。それより、祭りを見に行かないか？」

「行きたいわ。でも、お食事はなさらないんですか？」

「外で食べようよ。たまには気分転換でいいんじゃないかな」

「そうですね」


二人は三木屋を出て右に下りて行った。しばらく歩いていると、

「英子さん、お出かけ？」

薬屋の女将が声をかけた。

「あーら、よしこお母さん、お久しぶり」

「相変わらず綺麗だねぇ」

そして、新井を見て、

「お似合いだよ。若い人はいいね」

と笑った。

「そうだわ、この前のクリームを頂こうかしら。とってもいいの」

「それ以上綺麗になってどうするんだい」

「まぁ、お母さんったら」

女将は、

「ちょっと待ってて」

とショーケースの中から二本のドリンクを持って来た。

「これ、飲んでいきな」

と英子に一本、そして、新井にも手渡した。

「いつも頂いてばかりですみません」

「さっ、お祭りを楽しんでおいで」

笑顔の可愛い女将は、二人の後ろ姿をいつまでも見送っていた。

アヤの入院

英子が幸せな時間を過ごしている頃、アヤは病院のベッドにいた。

姉の洋子は、この時期忙しいであろう英子を気遣って、すぐには電話をしなかった。連絡を受けた洋子がすぐ店を閉めて幼稚園に行くと、アヤは火がついたように泣いていた。右手が大きく腫れ、見るからに痛そうである。

「監督不行き届きで、誠に申し訳ございません。救急車を呼んでありますので、しばらくお待ちください」

　園長は恐縮しきって何度も洋子に頭を下げた。

「いいえ。かえってご心配おかけしてすみませんでした」

　そして、アヤに、

「アヤちゃん、大丈夫。もうすぐお医者さんに行けるからね。頑張るのよ」

「うん」

　園長も、

「アヤちゃんは強い子だから頑張れるものね」

　と優しく頭を撫でると、アヤは元気よく、

「はい」

　と答えた。


　微かに救急車の音が聞こえてくる。その音は徐々に近づいて正門の前で止まった。一人の先生が駆け寄っていき、アヤのところまで誘導してきた。二人の男性と一人の看護婦らしい女性が降りて来た。

「中村アヤちゃん。どうしましたか？」

　アヤは我慢していた糸がプッツリと切れたかのように泣き出した。園長が今までの経過を話している間、アヤは洋子に抱きかかえられている。

　手際よく応急処置をして、

「現場にいらした先生とお母さんが一緒に来てください」

救急車に乗ると、洋子は鼻水と涙でぐしゃぐしゃになったアヤの顔を綺麗に拭いた。土井病院に着く間にも、係の女性は二人から話を聞いたり、アヤの気分をほぐしたりと忙しく気を配る。

病院に着くとまっすぐにレントゲン室に向かった。

右手の複雑骨折と頭に少しの傷がある。医師は、レントゲン室の前で落ち着きなく歩き回っている洋子にその結果を告げる。

「右手の骨折は徐々に治りますが、頭の傷が気になりますので、これから、そちらを調べます。四十五分ほどかかりますが、受付に行かれましたらすぐにわかりますから。よろしいですか？」

「よろしくお願いいたします」

洋子は受付に行った。そして、部屋に案内され、落ち着かない長い時間をそこで過ごす。そこへ一人の看護婦が入って来た。

「中村アヤちゃんのお母さんですか？」

「はい」

「先生がお呼びです。こちらへどうぞ」

洋子が看護婦について行くと、院長室に連れて行かれた。入口で立っていると、

「さっ、こちらへどうぞ」

と椅子を勧められた。

「実は、腫瘍が見つかりました」

洋子は医師の言葉が信じられなかった。

「アヤはどうなるんでしょうか？」

「すぐに生命の危機という事はありませんが、よく調べる必要がありますので、このまま入院という事でよろしいでしょうか？」

冷たいほどの医師の目がそこにはあった。

「はい、それは結構ですが……」

洋子は何かを話そうとするが、何の言葉も出て来なかった。

「あの……アヤは？」

「もう部屋の方にいると思いますよ。それでは、受付で手続きをすませてください」

「よろしくお願いいたします」

洋子は院長室を出ると受付に急いだ。そして、アヤの待つ部屋に行く。

「アヤ……」

洋子はそれだけ言うと、急に涙が込み上げてきた。

「まま、どうしてないているの？」

「ごめんね。アヤが可哀相だから」

「アヤ、かわいそうじゃないよ。せんせいがもうだいじょうぶっていったもん」

「そうなの、良かったね。ママ、何も知らなかったから」

無邪気なアヤを見ていると辛かった。何としてもアヤを助けなければ……洋子の胸は痛んだ。

そして翌日。

洋子は英子に電話をかけ、アヤの症状を告げた。その時、英子は新井との約束の時間が気になって、

「うんと悪いの？　今日も忙しいの。明日では駄目かしら？」

「何を考えているのよ。事の重大さがわかってないようね。もういいわ」

洋子は荒々しく電話を切った。

一瞬とはいえ、こんな時に新井の事を考えていた自分が恥ずかしくなり、英子はすぐ新井に電話をした。しかし、部屋に新井はいない。急な事で何とメッセージを入れようかと迷った。

「ごめんなさい。姉の子供が入院したので行って来ます。帰りましたらお電話します」

新井に子供の事は言えず、胸に罪悪感を秘めたまま電話を切った。

アヤの事を知れば、きっと新井は自分から離れていくに違いない。まして七歳も年上という事も英子の心を重くしていた。幼いくらいに純情な英子は、まだ愛の意味さえわからずにいる。

新井に会うために着物を着ていた英子は、着替えをしてタクシーを呼んだ。そして病院に着くと足早に受付に行った。

「すみません。中村アヤはどちらでしょうか？」

「急患でしたね。しばらくお待ちください」

と山のように積まれた用紙を見る。

「中村アヤさん。二〇六号室です。そこの階段を上がられて、左手の三つ目の部屋です」

「どうもありがとうございました」

英子は急ぎ足で行こうとしたが、途中で気がついたのか、ゆっくり歩き出した。部屋に入ると、姉とアヤが何やら話をしながら笑っている。

「姉さん、すみません。アヤちゃん大丈夫？」

「おねえちゃん」

「あら、仕事じゃなかったの？」

姉は皮肉っぽく言った。

姉に仕事と言った以上、今さら休みだとも言えず、

「あまり時間は取れないけど……」

と言葉を濁した。

「アヤちゃん、水をくんで来るから待っててね」

そう言うと、英子に外に出るように目で合図をした。

「大変なのよ。脳に腫瘍があるらしいわ」

「癌なの？」

「まだ、そこまでは聞いていないけど……心配だわ」

「詳しく聞く事はできないの？」

「明日、もう一度、検査をするそうよ」

「たいした事でなければいいんだけど」

「腫瘍なのにそんなに簡単に考えないでよ。ほんとに、あんたは呑気でいいねぇ」

「あまり長いとアヤが可哀相だから」

と英子が促し、部屋に戻るとアヤは眠っていた。

寝顔を見て、

「可哀相に……代われるものなら代わってあげたいわ」

そう言って、大きく溜息をつく洋子である。

英子も不安になってきた。窓越しに外の景色を見ていたが、英子のその目はどこを見るともなく、ただぼんやりとしていた。

その時、アヤが、

「あたまがいたい」

と言って目を覚ました。

「どのへんが痛いの？」

と聞いても、子供のアヤにはその場所を言う事はできず、「頭が痛い」を繰り返すだけである。

洋子は看護婦を呼んだ。

「どうしましたか？」

「突然、頭が痛いと言い出したものですから」

「アヤちゃん、うんと痛いの？」

アヤが頷くと看護婦は先生を呼びに行った。

「まま……」

アヤは不安になったのか、洋子を呼んだ。

「なぁーに？」

「ジュースのみたい」

「英子、冷蔵庫を見て。何か入ってる？」

「何も入ってないわ。アヤちゃん待っててね。今、お姉ちゃんが買って来てあげるから」

「うん。オレンジジュースがいい」

急いで出ようとした英子と部屋に入ろうとした医師がぶつかりそうになった。

「すみません」

「先生、アヤが飲み物を欲しがっているんですが、何か飲ませても構いませんか？」

「あぁ、構いませんよ。アルコール以外はね」

と笑った。

それを聞いて、英子は売店に行った。

「アヤちゃん、大丈夫かなー？」

医師はアヤに声をかけながら、洋子に言った。

「これから調べてみましょう。早い方が良さそうだ」

医師が看護婦を呼ぶと、意外と早く一人の看護婦が来た。

「はい、何でしょうか？」

「スキャン室にアヤちゃんを連れて行ってくれないか。僕も後からすぐに行く」

「アヤちゃん、レントゲン室に行きましょうね」

「……」

不安そうなアヤを見て、看護婦は優しく話しかける。

「さっき、腕を撮ったでしょう？」

「うん、いたくなかったよ」

「そうよ。痛くなんかないわよ。写真を撮るだけだから」

「アヤ、へいきだもん」

「よーし、行くぞー」

看護婦はアヤが怖がらないように、そっとストレッチャーを引いた。

「お母さん、四十五分ぐらいかかりますからしばらくお待ちください」

「よろしくお願いいたします」

「ままー」

アヤは洋子を見て、手を振った。ジュースの事はすっかり忘れているようだ。

入れ違いに英子が帰って来た。

「そこで会ったけど、アヤはどうしたの？」

「今から検査するらしい」

「心配だわ……」

「入院となると着替えが必要ね。私が取って来ようかしら」

「先生にはっきり聞いてからでもいいんじゃないの？」

「そうね」

「アヤちゃん、大丈夫かなー」

二人は胸苦しい時間を過ごしている。今日、英子が休みだという事を知らない洋子は、英子の事も気になった。

「あんた、帰らなくていいの？」

「結果を聞いてからにするわ」

「それがいいわね」

洋子が時計を見たが、まだ十五分しか過ぎていない。

「こんな時って、時間が経つのが遅いわね」

「じっとここにいても仕方がないから、少し外を歩いてくるわ」

「そうして。私がここにいるから。でも、あまり遅くならないでよ」

新井に電話をする口実であった。外で電話をしたが、新井は相変わらず院長室にはいなかった。英子は諦めて、少し病院の周りを散歩し、部屋に戻った。

「あら、早かったじゃない」

「別に何も見るものはないもの」

間もなくして入口が開き、アヤが帰って来た。

「おねえちゃん」

「アヤちゃん、大丈夫？」

「うん、だいじょうぶ」

「先生、どうなんでしょうか？」

英子は医師に問いただしたが、医師は洋子に向かって、

「病院を紹介しますので、そちらに移っていただきます。残念ですが、ここでの治療には限度がありますので」

「病院を移るんですか？」

「はい。今、連絡をしてきますから、しばらくお待ちください」

医師はそれだけ言うと出て行ってしまった。

「どこの病院なのかしら？」

「ここで駄目という事は、相当に悪いのかしらねぇ」

二人は急に不安になった。


その頃、医師は新井に電話をしていた。

「すみませんが、新井院長いらっしゃいますか？」

「しばらくお待ちください」

「新井先生、新井先生、お電話が入っております。近くのお電話口までお願いいたします」

電話を通して院内放送がはっきりと聞こえる。

新井は近くにいたのか、すぐ受付窓口に来た。

「はい、新井ですが、どうされましたか？」

「ベッドは空いていますか？　昨日、子供が運ばれて来たんですが脳に腫瘍が見られるんですわ。協力をお願いしたいんですが」

「急を要するんですか？」

「ええ。子供ですからねぇ」

「いくつですか？」

「四歳です」

「わかりました。すぐにヘリを向かわせますが、私も行った方がいいですかね？」

「経過の説明もありますし、久しぶりに顔も見たいしね」

「わかりました。それでは、すぐに支度をしますが、ここからだと三十分ほどみてください」
五、六分後、それが英子の子供とは知らず、新井はヘリに乗り込んだ。そして、英子がそこにいる事も知らず……。
土井病院では、すでにヘリを迎え入れる態勢になっていた。アヤの部屋が慌ただしくなった。

「三十分以内にヘリが来ますから、支度をお願いします」

看護婦はそう言いながら、手際よくアヤをストレッチャーに移し変えた。

「アヤちゃん、ヘリコプターが来るまで少し待っててね」

「うん」

「お姉ちゃんも一緒に行くから大丈夫だからね」

「おねえちゃんはヘリコプターにのったことあるの？」

「数えきれないくらい」

「すごーい」

「アヤちゃん、ちょっと待ってて」

看護婦は出て行った。そして、小さな縫いぐるみを持って来た。

「わぁ、かわいい。まま、みて」

「よかったわねぇ。ちゃんとありがとうしたの？」

「おねえちゃん、ありがとう」

「どういたしまして。クマちゃんも連れて行こうね」

「いっしょにいく」

窓の外を見ていた英子が、

「姉さん、来たみたいよ。あれ、ヘリでしょう？」

洋子もその一点を見た。

「間違いないわ」

その一点はどんどん大きくなってくる。

「おねえちゃん、ヘリコプターがきたの？」

「そうよ。アヤちゃんは初めてでしょう？」

「うん」

アヤはにっこり笑った。

「おねえちゃんもいくの？」

「ヘリコプターは小さいから、ママと一緒に行って。お姉ちゃんも後で必ず行くから」

「ままがいくんだったら、おねえちゃんはここでまってて」

アヤの言葉は、英子の心を時々抉る。

窓越しとはいえ、ヘリの音は耳に響く。そして、数分後、看護婦が入って来た。

「先生、お願いいたします」

その声で院長ともう一人、白衣を着た新井が入って来た。

新井の顔を見た英子の心は凍りついてしまい、挨拶もできなかった。新井もびっくりしたらしく、

「君……」

と言っただけで、後は言葉にもならない。

知らない先生が入って来たせいか、アヤは不安になったようだ。

「まま、アヤはどこへいくの？」

そして、

「おねえちゃん」

と英子にも甘える。

「頭の写真を撮りに行くだけだからね」

新井はとても優しかった。

アヤが自分の子供だと知ったら、この人はどんな顔をするだろう。それでも自分を愛してくれるだろうか。それとも、再び女の悲しみを味わう事になるのだろうか。場所もわきまえず英子は不安になった。

そんな事を考えている間にアヤは運ばれて行った。

新井は姉に向かって、

「それでは、お母さん。一緒にお願いします」

そして、英子に、

「今夜、行く」

そう言い残して部屋を出た。

こんな時に、新井のそんな言葉を待っていた自分が母親として最低だと思う気持ちと、今夜、また会える……という浮いた気持ちが混ざり合った。もう、新井なしでは生きられない自分をどうする事もできない英子である。

姉に出かけ間際、

「知っている人？」

と聞かれ、英子はやっと我に返った。

「お客様なの。今日、来てくださるらしいから少し早めに帰るわ」

洋子はさっきの新井の言い方が少し気になっていた。

「もう行かなくちゃ」

「悪いわね」

「私がついているから大丈夫よ。じゃーね」

「すみません。私も帰るわ」

そうして、二人は部屋を出た。玄関を出ると、運良くタクシーが止まっていた。

「姉さん、お願いね。私、あのタクシーで帰るわ」

そんな英子の後ろ姿を、洋子は黙って見送ったが、六年前の英子がダブって見えた。

独立

英子は、仕事でも私生活でも何に対しても身が入らなかった。そして、英子を見る周りの視線にも少し冷たいものを感じるようになっていた。しかし、今の英子は新井の事しか頭にないのであろう、周りの事など全然気にも留めない様子である。

その夜、新井が約束通り座敷に来た。

前の座敷が早く終わった英子は、フロントで旦那と雑談をしていた。

「寒くなりましたね」

「寒いのはお嫌いですか？」

「この通りの身体ですからねぇ、少々の寒さではこたえませんよ」

「まぁ。私も夏の暑さよりも、どちらかといえば冬の方が好きです」

「年を取ると暑いのもこたえるし、寒さもこたえますよ」

話をしながら二人は、庭がよく見えるソファに腰を下ろした。

英子は穏やかで人なつっこい旦那と話をしていると、はっきりとは覚えていない父ではあるが、何故か父を思った。

「もう古いですからね、この建物は」

「でも私、コンクリートの家はあまり好きではないんです。こんなお家に住みたいわ」

「古いとそれだけ手入れも大変ですよ」

「そうでしょうね」

客の車が入って来たのか、仲居が外に向かってお辞儀をし、下駄を突っ掛けて出て行った。

「ちょっと失礼します」

英子は慌てて仲居の後を追った。

新井の車を確認した英子の顔が心なしか赤らんで見える。

車から降りた新井は、

「あれ、遅くなったかな？」

と持っていたカバンを仲居に渡した。

「いいえ、私が早かったんです」

「あぁ、よかった」

なかなかダンディーな新井は、英子の肩を抱き、仲居が案内する部屋へ向かう。

部屋に着くと、

「お食事はすぐにお運びいたしますが、お飲み物はいかがいたしましょうか？」

仲居はいつものように注文を聞いて出て行った。

仲居が出て行くと、新井はすぐアヤの事を話し出した。

「アヤちゃんっていい子だね」

「ありがとうございます」

「近いうちに手術という事になる」

「そんなに悪いんですか……可哀相に……」

新井は心配そうに話す英子を見て、「本当に優しい女性だ」と言った。

新井の言葉に英子は、「自分の子供だから当たり前です」と言いたい気持ちでいっぱいだった。しかし、その言葉を言い出せないのは、子供のいることを知られたくないという女の浅心だけではない。女を捨てきれない英子の欲情がそうさせたのであろう。

今日の新井は少し疲れているようであった。

「お疲れなのでは？」

「いや、たいした事はない」

「それならよろしいんですけど……少しいかがですか？」

酒を勧めてみると、いつものように美味《おい》しそうに飲む。そんな新井を見て、英子は安心した。そして、食事が運ばれて来ると新井は飲むのをやめる。

「今の時期はこれに限るね」

とカニの脚を持ち、天井を向いて大きく口を開け、それを頰ばった。

「うーん、最高。カニはこれが一番だね。君も食べなさい。うまいよ」

豪快に食べる新井を英子はただ愛しげに見つめているだけである。あとは、鍋物に火をつけたり、鮎の骨を抜いたり、新井が食べやすいようにカニをほぐしたり。これが女の幸せと思わせるように甲斐甲斐しく世話をするだけである。英子はこんな時間が好きだった。

「食欲旺盛ね」

「人間、バクバク食べて、ばりばりと仕事をしなければ」

と言って、また箸が動く。

普通は客の食事だけであるが、新井はいつも二人分を頼む。英子は新井がカニ刺しが好きだと知ると、自分のものと新井の食べ終わった皿を交換した。

「君も食べなさい」

「どうぞ。私、こんなに食べられないもの。こちらのものを頂きますから」

「このカニ刺しが美味しいんだから、ひとつだけでも食べてみたら？」

と英子に一本のカニの脚を手渡した。

英子はそれを新井の真似をして天井を向いて食べようとしたが、頰ばった瞬間に噎《む》せてしまった。

「大丈夫かい？」

「貴方があまり……」

また噎せた。その間、新井は英子の背中をずっと摩《さす》っていた。

「すみません。貴方があまり美味《おい》しそうに召し上がるから真似したの。でも……」

と言って、また軽い咳をし、後は箸で身をほぐしながら少しずつ口にした。

「やはり、君にはその方が似合っているよ」

そして、二人は楽しい食事を終えた。

「今日は少し早めに終わりにして、外を散歩したいわ」

「いいねぇ。でも、外は寒いよー」

それでも英子は二人で外を歩きたかった。


その夜は思ったより寒かった……。

「わぁー、寒い」

英子は新井にしがみついた。

道が滑り、英子の草履で歩くのは無理である。

「大丈夫かい？」

「無理かしら……」

「ちょっと、ここに入ろう」

二人は近くのコーヒーショップに入った。この時期は観光客も多く、店の中は賑わっていた。カウンターしか空いておらず、二人はカウンターの端に座った。

「いらっしゃいませ。寒かったでしょう」

と中年の女性が、温かいお絞りを差し出した。

「また雪かな？」

新井が顔を拭きながら呟いた。

「僕はコーヒーにするが、君は？」

「じゃ、コーヒーを二つお願いします」

女性が豆を碾《ひ》くとコーヒーの独特の香りが店内に広がった。英子は目を閉じてこの香りを楽しんでいるようである。

「ん……」

「新井さん、これからどうしましょうか？」

新井も迷っているようである。

「私……」

英子も言っていいものかどうか迷っている。

「何だい？」

「こんな事、言ってもいいかしら？」

「どうしたんだい？　もったいぶって」

「私、貴方のお部屋に行ってみたいわ」

「何だ、そんな事か。来るのはいいけど、男の部屋は汚いぞう」

「いいの。今日は、もう座敷には行きたくないわ」

「仕事はいいのかい？」

「大丈夫よ」

「それならいいが」

英子は後の座敷を断るつもりか、電話をかけに行った。そして、何やら謝っている様子であるが、新井にその声ははっきりとは聞き取れない。その間、ひとりになった新井を気遣い、女性が話しかけている。

「お客さん、城崎の方ですか？」

「ええ」

「初めてですよね？」

「貧乏暇なしというところで、なかなか外には出してもらえません」

「まぁ。何だか籠の中の鳥みたい」

「まったくその通りです」

二人が楽しく話しているところへ英子が戻って来た。

「大丈夫だったわ」

「あまり無理をしない方がいいよ」

英子は黙ってコーヒーを飲んだ。

「冷めたでしょう。入れ替えましょうか？」

「すみません、お願いします」

英子がそう言うと、女性は新しいコーヒーを作った。

「これを飲んだら行こうか？」

「そうね」

それから二人は車を取りに三木屋に戻った。


三木屋を右に出て、円山川に向かって行く。そして、大谷橋を右に曲がり県道三号線を走った。上山、森津を過ぎ、福田、宮島に出て中央町に来た。

こんなに長い時間、新井と二人でいられる事が英子にとっては最高に幸せであった。

「もうすぐだよ」

「静かでいいところだわ」

「今の時間だから静かなんだよ。昼間は結構賑やかなんだ。街の真ん中が静かなわけないだろう」

「そうだわね」

英子は時々こんな幼稚な事を言う。

碁盤の目のような道を器用に運転する新井の手元を、英子は感心したように見ていた。

「運転がお上手なのね」

「慣れた道だから。君は運転しないの？」

「私は鈍いから駄目よ。事故ばかり起こしているわ、きっと」

「次の角を左に曲がったらすぐだよ」

新井の言葉を聞いて、英子は何故か緊張した。

新井の家は、下にガレージがあり二階が住まいになっているタウンハウスであった。この辺りでは珍しい造りのその家を英子は繁々《しげしげ》と見ている。

「何をしてるんだ。おいで」

新井の声に英子は、

「は、はい」

と慌てて歩き出した。

ガレージから部屋に入ると、壁にはシャガールの絵が掛かっていた。

「これは、新井さんのご趣味？」

「いや、おふくろだ。僕にはそんな趣味はない。どっちかというと日本風の方が落ち着いて好きだね」

「でも、シャガールも素敵だわ」

「よければ持って行ってもいいよ」

「いいえ、とんでもない。ここに掛かっているからいいのよ。私のところではこの絵が死んでしまうわ」

そして、リビングに行くと中央に大きなテーブルが置いてある。

「ちょっと汗を流してくるから、ここにいてくれ」

そう言うと新井は部屋を出て行った。その間、英子はその辺りに散らばっている新聞や雑誌を片付け始めた。意外に早く、新井は五分もしないで風呂から上がってきた。

「疲れが取れるから君も入っておいで」

と英子を促し、タオルで無造作に髪を拭きながら、冷蔵庫からビールを出し美味《うま》そうに飲んだ。英子が勝手がわからずもじもじしていると、

「ごめん、こっちだ」

と英子を風呂場に案内した。そして再び部屋にもどり、新聞を読み始める。読み終わっても英子はまだ出て来ない。読み終わった新聞に再び目を通し、時々、時計を見て軽く溜息をついた。しばらくして、英子は長襦袢姿で現われたが、湯上がり姿はまた一段と綺麗に見えた。

「さっぱりしたわ」

「女性の風呂は長いね」

「あら、ほかの方をご存じなんですか?」

「ただ、長いなぁと思っただけさ」

「言い訳がお上手だこと」

「よさないか」

荒っぽい新井の言葉に、英子はびっくりして素直に謝った。

そして、新井はアヤの話を始めた。

新井の口からアヤの名前が出ると、いくら修羅《しゅら》場を潜り抜けて来た英子でも心が重くなった。自分の

心の動揺を隠すために、英子はすぐに話を変えた。

「私、独立しようと思っているの。やはり自分の時間が欲しいもの」

「その方がいい」

「時々、来てくださる？」

「もちろんだよ。特別な用がない限りは毎日でも行くよ」

英子は新井の言葉が嬉しかった。

「今日は帰るんだろう？」

「ええ。でも、帰りたくないわ。ずっと側にいたい」

そう言うと、英子は新井に寄り添った。新井は新聞をテーブルの上に置くと、優しく英子の肩を抱いた。

「もう離さない。君もそのつもりでいてくれ」

英子は新井の首に手を回すと、静かに目を閉じた。その夜も、新井の甘い言葉に酔いしれ、なすがままに身を委《ゆだ》ねる英子である。


英子が置屋に帰ったのは朝の三時を回っていた。気づかれないようにそっと家に入ると女将の部屋には電気がついている。

毎日の仕事が終わるとその事を女将に告げて、自分の部屋に行く習慣になっている。

小さい声で、

「すみません、遅くなりました」

そう言ったが、何故か女将の返事はなかった。いつもなら、「ごくろうさん」と、ねぎらいの言葉をかけてくれるのに……英子は嫌な予感がした。

「何時だと思ってんの」

「すみません」

「みんなが無事に帰って来るまで眠れないんだからね。ちょっとお座り」

英子は黙って前に座った。

「あんた最近、座敷を断っているっていうじゃない。どういう訳なの？」

「……」

「三木屋さんだけじゃなく、皆さんが困ってらっしゃるっていうのに……」

「すみません」

「すみませんですむ問題じゃないのよ。あんたはお客も多いしよく働いてくれるから、今までいろんな事を大目に見てきたんじゃない」

「……」

「それをよい事に……図に乗るのもいい加減にしてほしいよ。何の仕事でも道楽でやっている人はいないんだからね」

「すみませんでした」

「ほかの子に示しがつきゃしないよ。誰が相手だか知らないけど、そんなに一人の客が大事なら、その客に借金をきれいに清算してもらいましょ。そしたらこんなにうるさく言わないですむんだから」

「……」

英子は返す言葉がなかった。

「子供じゃないんだし、少し頭を冷やしておいで」

こんな女将を初めて見た英子は、気が動転してしまった。とうとう怒らせてしまったという反省ももちろんあったが、今の英子は誰が何と言おうと新井との愛を壊したくないと思う気持ちの方が大きかった。もう少し、自由になりたい……。

今日、独立の事を告げようとしたが、これ以上女将を不機嫌にさせたくなかった英子は、とうとうそれを口にする事ができなかった。

女将は、

「明日は休みでしょ。よく考えてね」

これだけ言うと、プイと隣の部屋に行ってしまった。

まず借金を返す事を考えたが、姉に毎月仕送りをしている英子には、とうてい無理な話だった。部屋を借りれば貯金はゼロになる。新井を知ってからの英子は人目を気にする事はなくなったが、借金までする勇気はない。

自分の部屋に戻った英子は、重苦しい心のまま床に就いたが寝つかれず、陽が昇ってようやく眠りについた。それでも十時には起きてみんなと一緒に食卓についたが食欲がなく、それよりもみんなの刺すような視線がたまらなく気になり、箸を少しつけただけで食事を終える。

妙子のお店に行きたかったが、店に行くにはまだ早すぎた。妙子が起きる時間まで置屋にいる勇気はなく、アパートを探しに行く事にした。

大谷橋に行く途中で一件の不動産屋を見つけて入ったが気に入った物件がなかったため、英子はまた歩き出す。数分後、ウインドーに貼ってある一枚の張り紙が目についた。立ち止まり、その紙を食い入るように見ていると、中から中年の男性が顔を出した。

「おや、英子さんじゃないか」

「あら、日高さん」

「珍しい事もあるもんだなぁ。俺に会いに来たわけじゃあるまいね」

「そう言いたいところですが。お部屋を探しているんですが適当なものがなくて」

「誰と住むんだい？」

「あら、嫌だわ。ひとりに決まっているでしょ」

「まあ、立ってないで座りなさい」

「すみません」

「女性は注文がうるさいからね」

「そうですか？　私は、あのウインドーに貼ってある物件を見せていただきたいのですが」

「あれかー、今朝《けさ》、決まってね。剝《は》がすのを忘れていた。ごめん、ごめん」

日高はそう言って、たばこを銜《くわ》えながら腰を上げ、貼り紙を剝がしに行った。

英子はがっかりした。

でも、日高は、

「悪かったね。仲間に電話をしてみようか？」

「お願いします」

「ちょっと待っててくれ」

地声の大きな日高は、

「あぁ、俺だ。女性向けの良い物件はないかねぇ」

「……」

もちろん、相手の声は聞こえない。

「君も知ってる女性だよ。ちょっと出て来ないか？　昼飯でも一緒に食べようよ」

そう言って電話を切った。

「どなたですか？」

「永井だよ。この前、一緒に行った」

「あの方も同じお仕事なんですか？　まぁ、心強いわ」

「永井も君のファンだからなぁ。飛んで来るぞう」

「すぐに見えるのかしら？」

「近いから、もう来るだろう」

日高は事務員がいないからと、自分でお茶を入れに行こうとした。

「あら、日高さん。私が入れますから」

「すまないね」

「やはり、こんな事は女性でないと様にならないわ」

英子がお茶の支度をしている時に永井が来た。

「まぁ、お久しぶり」

「ジーパン姿もまたいいもんだねぇ」

「何も出ませんよ」

「君が部屋を探しているのかい？」

「ええ。もう少し、自分の時間が欲しいんです」

「共同生活はいろいろとあるだろうなぁ。二、三持って来たから見てくれ」

「すまんなぁ」

その中の一件に、英子が気に入ったアパートがあった。

「私、海の方に住みたいんです。いいでしょう、海って……」

「君はロマンティックだねぇ」

「そうかしら？　女性でなくても皆さん、海は好きだと思いますが」

物件に目を通しながら、そう言った。

「永井さん、このお部屋を見たいわ」

「座敷はいいのかい？」

「今日はお休みなんです」

日高は待ってましたと言わんばかりに、

「じゃ、どこかに飲みに行こうか」

「ごめんなさい。今日中に終わらせないと、また一週間お休みがないんです」

「残念だなぁ。じゃ、落ち着いたら一度」

「そうね。日高さん、私はどうしたらいいでしょう」

「永井君、どうしたらいいかね？」

「ちょうどお昼だし、昼飯でも食べて。それからという事で」

「それでは私、少し用をすませて来ますから、何時に来たらいいでしょう」

「日高、二時でどうだ？」

「いいだろう。じゃ、英子さん、二時には必ず帰ってるから、そうしてくれ」

「よろしくお願いいたします。それでは失礼します」

「二時にね。待ってるよ」

「はい、お願いします」

今の英子は置屋を出たい一心であった。少しくらい気に入らなくても、このアパートで決めるつもりでいる。

そう決めた英子は、日用品を買いに街に出た。面倒くさい事が嫌いな英子は、顔馴染みの店でひと通りの物を揃える事にし、軽く昼食をすませたあと、湯島にあるその店に急いだ。

「こんにちは」

英子が店に入ると、奥から主人が顔を出した。

「おう、英子さん。しばらく見なかったが元気そうだねぇ」

「お陰様で。奥さん、いらっしゃいますか？」

「ちょっと出かけているが、何か用でも？」

「いえ、別に……」

「もうすぐ帰って来ると思うが……」

食事をしていたのか、何やら食べながら出て来た。

「すみません。お食事中でしたのね」

「いいんだ。今日は買い物かい？」

「そうなんです。家で使うひと通りの物を揃えたいのですが」

「まさか、所帯を持つんじゃなかろうね」

「それならいいんですけど。置屋を出るんです」

「ほう。旦那でも見つかったのかい？」

「まさか。皆さん、良い方ばかりなんですけど、のんびりと自分だけの時間も必要だと思って」

「そうだろうよ。部屋は見つかったのかい？」

「ええ。これから見に行くんですが、時間があるのでそれまでにと思って寄ってみたんです」

「そうかー。でも、所帯道具は俺にはわからんなぁ」

「いいんです。適当に見ますから」

英子が品定めをしているところへ、女房の貞子が帰って来た。

「あら、英子さん。どうしたの？」

「所帯を持つんだってさー」

「えっ」

「嘘ですよ。ご主人ったら」

「あぁ、びっくりした。でも、もうそろそろ色っぽい話があってもいいんじゃないの？　英子さん」

「俺もそう思うけどなぁ」

「子持ちなんか貰ってくれる人などいませんよ」

「それだけの器量してるんだもん」

「そんな事を言ってくれるのは女将さんだけですよ」

「私が男なら放っておかないけどねぇ」

「おいおい、穏やかじゃないねー。時間は大丈夫なのかい？　二時までに行くんだろう？　女は話し出すと止まらないからなぁ」

英子と女将は顔を見合わせて笑った。それから、女将と二人ですぐに必要な物を揃えた。

「思ったよりあるものね」

「そうよ、生活必需品って馬鹿にならないんだからね。こんな物と思っても無ければ困るんだから」

「ほんとだわ」

「これだけの物を持って行くのは大変じゃないの？　お父さん、後で届けてあげれば？」

「いいよ。部屋が決まったら連絡してくれ。すぐに持って行くから」

「そうしていただければ助かります」

「英子さんの頼みでは断れないよ」

「それでは、不動産屋に行って来ますのでよろしくお願いします」

そして、英子は慌ただしく不動産屋へ向かった。英子が着いた時には、もうすでに二人は戻っていた。

「遅くなってすみません」

「俺たちも、今、来たばかりなんだ」

「気に入ったら、今日決めるかい？」

「そうしたいと思います」

「そうだとしたら、悪い虫がつかないように俺が監視するか」

「あら、日高さんが一番危ないと思っていたのに」

「そりゃーないよ。こう見えてもいたって紳士なんだから」

「そうかしら？　危ない、危ない」

英子はそう言うと、永井の顔を見て肩をすくめた。

「そろそろ行こうか」

三人は車に乗り込んだ。

大谷橋を右に下り、城崎ボウルの手前にそのアパートはあった。

「英子さん、あの二階の右角です」

この仕事を始めてずっと置屋住まいだった英子の胸は弾んだ。

二人に続いて階段を上がると、永井がドアを開けた。その部屋は二LDKのこぢんまりしたモダンな造りである。窓の向こうには海が見える。カーテンもないガラーンとした部屋だが、英子は一目で気に入った。

「わー、これなのよ、この景色」

「気に入ったようだね、英子さん」

「決めます。明日からここに住めるのね」

そう思っただけで英子の顔は自然にほころんだ。

それからいったん事務所に戻り、契約をすませた。


契約をすませた英子は、少し早いと思ったが妙子の店に行った。

置屋の女将の顔がちらついたが、別に妙子に借金をするつもりもなく、ただ気晴らしにと思っただけである。愚痴を聞いてくれる唯一の友人で、何かあるといつもこの店に来る。しかし、もう開いてもいい時間なのに、店の鍵は閉まったままである。変に思った英子は、店の外にある公衆電話から電話をかけた。五回、六回コールは続くが妙子は出ない。諦めて受話器を置こうとした時、

「はい」

と元気のない妙子の声がした。

「どうしたの？　いないかと思ったわ」

「今日は定休日だよ。英子も休みでしょ」

同じ定休日にした事を英子はすっかり忘れていた。

「そうだったわね」

「ほんとに呑気なんだから。長生きするよ、あんたは」

「元気がないけど、どうしたの？」

「うーん、飲み過ぎかな？　頭が痛い」

「そんな調子だと食事もしてないんでしょう？　何時だと思ってるの？」

「今、何時？」

「もう五時を回っているわ。何か買って来ようか？」

「うーん、でも食べたくないよ」

「とりあえず開けてよ」

「ちょっと待ってて。今、開けるから」

妙子はすぐに下りて来た。

「うちの休みを忘れるなんて。自分から言い出した事じゃない」

「すっかり忘れていたわ」

「何かある？　私が作るから。食べなきゃ駄目よ」

「胃にもたれないようなものがいいなー」

英子は勝手に冷蔵庫を開けて、手際よく食事の支度を始めた。

「妙子は二階で休んでいて。持っていくから」

料理の得意な英子である。二人分の食事を作るのにさほど時間はかからなかった。お盆にのせて、危なっかしい足取りで二階に上がっていく。

「できたわよ」

「ありがとう。悪いわね」

英子はこんな妙子の姿を初めて見た。そして、食事をしながら今日の出来事を話す二人である。

「今、アパートを決めてきたの」

突然の事で妙子はびっくりした。

「あんた、びっくりするような事を平気で言うんだから、いつも」

「そんなに驚いた？」

「そうよ。この前は何があったか知らないけど黙って帰っちゃうし。あんなにシュンとしてて、今度会ったら、『私、アパートを決めてきちゃったの』だってさ。気楽でいいわよ」

「妙子だって気楽にやってるじゃない」

「そう見えるだけよ。お金には困っていないけど、女としては寂しいものよ。まだ、あんたも私も三十代よ」

英子は急に黙ってしまった。

「あんたは何かいい事あるの？」

「あるような、ないような……そんなとこかな」

「何それ」

「妙子だからはっきり言うわ。私、好きな人がいるの」

「あんたは美人だから、男が放っておかないわけよね。同じ女でどうしてこうも違うのかねぇ」

妙子はどう見ても美人とは言えず、口も荒っぽいが竹を割ったようにさっぱりしていて、面倒見のいい女である。

「そんな事を言わないで。妙子だって、とっても魅力ある女性だわよ。少しお化粧でもしてみたらいいのに。誰だって綺麗になるようにお化粧するんだもの」

「化粧して綺麗になれれば、私だってするさ」

「面倒くさいなんて言っているからいけないのよ」

「嫌なこった」

「それがいけないのよ。でも、ここに見えるお客さんはそんな妙子が好きで見えてるんだと思うの。もっと自信を持ってよ」

「英子に説教されるとは思わなかった」

「勘違いしないで。お説教とは違うわ」

「わかってるって」

妙子はストレスもあったのか、英子と話しているうちに少し元気になってきた。

「女将さんに話もあるし、今日はこれで帰るわ」

「何か私に話があったんじゃないの？」

「いいのよ」

「水くさい事を言うわね。私たちはそんな仲ではないはずよ」

気が短い妙子は、英子の奥歯に物が挟まったような言葉が気になった。

「私には言えない事？」

「いくら友人でも、言える事と言えない事があるわよ」

「あんたのそんなところが、世の男性群にはたまらないんだろうね」

「嫌だわ、そんな言い方」

「じゃ、どんな言い方すればいいのよ。言ってごらんよ。何があったのよ、じれったい」

妙子のこんな言い方に、いつもハマってしまう英子である。

「妙子は独立する時、女将に着物なんかの借金はあったの？」

「そりゃーあったわよ。でも、旦那が全部払ってくれて、このお店を出してくれたの」

「そうなの……」

英子はひとつ溜息をついた。

「いくらあるの？」

「三百万ちょっとかな？」

「ちょっとじゃわからないじゃない。三百いくらよ」

妙子は英子のゆったりとした話し方に苛立ちを感じている様子である。

「そのくらいなら、私だって何とかなると思うから言ってるんじゃないの。はっきり言ってよ」

「……」

「私だって借金で縛られた事があるんだから、そんな事で英子が嫌な思いをするのは見てらんないもの」

「……」

「彼には話したの？」

「こんな事、話せないわ」

「好きになっちゃったんだ。英子らしいわ」

「こんな話をするはずではなかったのに……」

「何言ってんのさ、今さら。ちょっと待ってて」

そう言うと、妙子は奥の部屋へ行って通帳を持って来た。

「今日は仕方がないからこれを持って帰って、女将に、『明日、必ず全額を精算します』って言えば何も言わないと思うから。そうしなさいよ」

「悪いわ」

「私だってあんたに助けてもらう時があるかもしれないんだし、明日の事なんかわからないんだから……」

「私は幸せ者だわ。こんな良い友人がいて……」

そう言った英子の目から涙が溢れ落ちた。

「よしてよ、英子ったら」

「だって……」

英子は妙子の優しい気持ちが嬉しかった。

「明日一緒に行くから、銀行の開く時間においで」

「そうさせていただくわ。ほんとにありがとう」

英子は妙子にお礼を言って、まっすぐ置屋に帰った。


自分の部屋で気分を整えて、女将の部屋に行く。

「失礼します」

「どうぞ」

中から女将の声がした。

入って来たのが英子だとわかると、女将の顔は少し曇ったように見えた。女将の前に正座をした英子が、

「お話があります。よろしいでしょうか？」

と言うと、

「なぁに……」

と冷たい口調で女将は答えた。

「突然な話で恐縮ですが、私、ここを出たいと思っています」

「それで？」

「今日、部屋を決めてきました。独立して置屋を持つとかそんな事ではないんです。ただ自分のお城が欲しかっただけですから」

ここの稼ぎ頭である英子に、今、去られては大変である。部屋を出たいだけだと聞いて女将は安心はしたものの半信半疑で、辞めるのではないかとも思っていた。

「明日、着物の代金を返済したいと思っていますので金額を知りたいのですが……」

「払ってもらうのは嬉しいけど、いったいいくらあると思ってるの？　百万や二百万ではないのよ」

「わかっています」

女将はピンときた。

「最近、頻繁に通って来ている、どこかの院長が旦那なんだね」

「いいえ、あの方はお客様です」

「ただのお客が何百万も出してくれるわけがないだろう」

英子には、どうしてプライバシーの事まで女将が口を出すのかがわからなかった。少し気分を害した英子は、事実を口にする事もなく、

「女将さん、明日の午前中には来られると思いますのでよろしくお願いいたします」

そう言って部屋を出て、その夜は久しぶりにぐっすりと眠った。


次の日。

英子はみんなと朝食もとらず、まっすぐ妙子の店に向かった。英子が店に着くと、妙子は外の掃除をしていた。

「おはよう」

「おはよう。早いじゃない」

「妙子、昨日はありがとう。こんな事は早く解決した方がいいから」

「ほんとね。ちょっとここだけで終わるから待ってて」

「ゆっくりして。私は大丈夫だから」

しばらくして二人は出かけていった。

二人で街に出るのは久しぶりである。銀行で用をすませ、女将に少し遅くなる事を告げ、喫茶店に入った。

「これでひと段落だね」

「妙子にはいつも助けてもらってばかりで」

「いいって、いいって。今度の休みに行くから住所教えてよ」

「私もわからないのよ。メモを置いてきちゃったし、後でお店に行くわ」

「何か手伝う事はないの？」

「お店があるのに悪いわよ。小さい部屋だし、私一人で何とかなるわ」

「それならいいけど」

「今日はこれから置屋へ行って、そのあと、新しいお部屋のお掃除をしたいの。ゆっくりできなくてごめんね。こんな時間、久しぶりだったのにね」

「何を言ってんのよ。会おうと思えばいつだって会えるのに」

「落ち着いたら遊びに来てね」

「行くわよ。駄目だと言っても押しかけて行くわよ」

短い時間であったが、昨日の英子とは別人のような、いつもの晴れやかな英子に戻っていた。

妙子と別れ、英子は置屋に行った。

「女将さん、遅くなってすみません」

「まぁ、お座り」

女将は英子の前に茶封筒の中身を広げた。

「大変な金額だよ。大丈夫なのかい？」

英子は一枚一枚計算し、妙子から借りた四百万円の中から三百三十二万円を出した。

「これでお願いします」

女将はびっくりした顔で、

「ほんとにいいのかい？　無理はいけないよ」

と言った。

「友人に借りたんです」

「今の若い人は結構残してるんだねぇ」

と感心した様子であった。

「長い間、ありがとうございました」

「嫌だよ、その言葉。何言ってんだよ」

英子はお金の力の凄さを犇々《ひしひし》と感じ、それを見た時、少し寂しい気がした。

「明日から、また頑張りますのでよろしくお願いします」

「わかったよ。ところで、いい部屋は見つかったのかい？」

「はい、お陰様で。一度、遊びに来てください」

「ありがとう。手伝う事があったら何でも言っとくれ」

「ありがとうございます。今日はいろいろと忙しいので、これで失礼します」

「間違いなく、今日からは全部客を受けてもいいんだね？」

「よろしくお願いします」

英子は置屋を出た。

この瞬間をどれだけ待ち望んできたか……胸いっぱいに新鮮な空気を吸った英子は自分の家に帰って行く。


今日からは人の目を気にする事もない。帰りの時間を気にする事もない。そう思っただけで鍵を開ける英子の手も自然に弾んだ。

部屋に入ると、買ってきたカーテンを付け、一度閉めてから両サイドを真ん中から力強く開けた。その目には、英子が夢にまで見た景色が広がった。椅子を窓際に持って来て、いつまでも時間を忘れたかのように海を眺めていた。そして、新井に電話をかけた。

「はい、新井ですが」

「英子です」

「昨日はすまない。電話をかけようと思ったんだが、おふくろが来ていてね」

「いいのよ。私も忙しかったんです」

「休みだったんだろう?」

「ええ。でも、お部屋を借りたのでいろいろと……」

「置屋を出たの?」

「ええ。これからは時間を気にする事もないし……」

「僕との事も、みんな、知ってるの?」

「そうじゃないの。いろんな事に対しての人の目よ」

「今日はもちろん、仕事だろ?」

「ええ」

「今日は行けないけど、明日は必ず行けると思う」

「無理をしないでいいのよ」

「じゃ、行くのやめようかな」

新井は悪戯《いたずら》っぽい口調で、英子に意地悪を言った。

「これからは、私の部屋で待っててほしいわ」

「いいのかい？」
「そのために借りたんですもの」
「今日、会いたいけど悪いね。明日は必ず行くからね」
「それじゃ、明日、待ってるわ」
「そうしてくれ」

電話を切ると、英子はまた街に出た。電話局、ガス、水道、その他必要な物の手配をした後、買い物をして家に帰ったが、休む間もなく電気屋が冷蔵庫を持って来た。

そして、その冷蔵庫に新井の好きな食べ物やビールを詰め込む。これが恋する女の幸せというものなのか。英子はその気分を十分に味わっていた。

ひと通りの物が揃って落ち着いた時には、もう六時を回っていた。慌ただしく自分だけの食事を作り、海を見ながら食べる。一人の食事は味気ない気がしたが、今の英子にはそれが新鮮で楽しくもあった。

何気なく時計を見た英子は、
「あっ、いけない」

そう言うと、後片付けもせず風呂に飛び込んだ。風呂から上がると、いつものように慣れた手つきで着物を着て、髪は洗い髪のままで家を飛び出して行った。

髪だけはビシッとしていないと気分の悪い性分で、いつも座敷の前には美容院へ行く。器用な人たちは自分で結い上げる人もいるが、不器用な英子にはとても真似できない事であった。一時間後、美容院から出て来た英子は、美しい一人の芸者に戻っていた。

しかし、新井が来ないとわかっている今日の英子の後ろ姿はなんとなく寂しげである。

決意

暮れも押し迫った十二月、アヤはまだ病院にいた。

「アヤちゃん、どうしたの？」

一時良くなっていたアヤが、また頭痛を訴えた。洋子は思わず看護婦に尋ねる。

「時々あるんですか？　こんな事が」

「はい」

看護婦はアヤを見て、

「先生を呼んで来ますから」

と出て行ったが、それから二、三分後、新井がクマの縫いぐるみを持って入って来た。クマで自分の顔を隠し、

「アヤちゃん、どうしましたか？　今日はクマのお医者さんですよー」

と言いながら入って来た。

「ほら、可愛いでしょう」

そう言うと、それをアヤにあげた。

「これ、アヤの？」

「いい子でいるからご褒美だ」

「わぁ、かわいい、せんせい、ありがとう」

「いい子だから、先生は何でも言う事を聞いちゃうぞ」

アヤは優しい新井先生が大好きである。

「先週の検査では治まっていたんですが、もう一度しましょう」

「お願いします。大丈夫なんでしょうか」

「しばらくお待ちください」

そして、すぐに看護婦を呼んだ。新井は、

「検査する」

とだけ言うと部屋を出て行き、その後、アヤと看護婦と一緒に洋子もレントゲン室に向かった。

窓越しにその様子を洋子は食い入るように見ている。新井ともう一人の先生が映し出されているモニターを見ながら何やら話をしているが、洋子にはそのモニターの写真が何のことやらさっぱりわからない。

しばらくして、新井は洋子に、

「もうすぐ終わりますから、部屋で待っていてください」

そう言って、再びモニター室に消えた。

部屋で落ち着かない時間を過ごしていた時、看護婦が呼びに来た。

「先生がお呼びです。こちらへどうぞ」

洋子がその後をついて行くと、院長室に通された。

「こちらへどうぞ」

「すみません」

そして、写真を見ながら説明を聞く。

「この部分から出血しています。これが脳を圧迫しているんですね」

正直言って、洋子は写真を見てもはっきりとはわからなかった。

「良くなるのでしょうか？」

「手術の必要がありますね」

医者というものは何故こんなに冷静でいられるのか、冷たいとさえ思える新井の言葉遣い、そしてその目が洋子を不安にさせた。アヤが元気になってさえくれればそれでいい、貧乏しても幸せでいられる。そう思う洋子であったが、やはり費用の事が心配でならなかった。自分が裸になれば何とかなると思ったが、とりあえず英子に電話をする事にした。


次の日の朝、少し時間を気にしながら電話をした。

長いコールの後、誰かが不愉快そうに電話に出る。

「朝早くすみません。英子の姉ですが、おりますでしょうか？」

「ご存じないんですか？」

「何でしょう」

「英子さんはもうここにはいませんよ。部屋を借りて、そちらから通っていますが」

「そうでしたか。知らなかったものですから」

「何か急用でも？」

「アヤが手術をする事になって……」

「それは大変ですね。まだ、新しい部屋には電話が入っていないようなんです」

「そうですか」

「夕方には必ずこちらに来ますから、間違いなく伝えますが」

「そうですか。それでは、よろしくお願いいたします。朝早くからごめんなさいね」

「いいえ。お大事に」

「ありがとうございます」

何かあったら真っ先に自分のところに連絡してくれるものとばかり思っていた洋子は、受話器を置くと無性に腹が立った。

その日の夕方、英子から電話がかかって来た。

「姉さん、電話をくれたそうで」

「……」

洋子はまだ、腹の虫が治まらないようである。

「どうしたの？」

「どうしたのじゃないでしょ。置屋を出たんなら、真っ先に連絡するのが当たり前でしょうが。アヤを何だと思ってるの？　それとも知られたくない事でもあるの？」

「……」

「アヤは誰の子供なのよ。どうして私がこんなに苦労しなければならないの？」

洋子はここまで言うつもりはなかったが、英子のあまりにも平然とした態度に我を忘れてしまった。

「あんた、最近少し変よ。前は一週間に一度は必ずアヤを心配して電話をくれたのに。また、誰かと付き合ってるんじゃないの？　もうあんな事は二度と繰り返してほしくないわよ」

「大丈夫よ。それよりアヤの具合はどうなの？」

「こっちに来られないの？」

「今日は無理だわ。もう座敷を受けてしまったもの。明日、必ず行きます」

「何時頃？」

「お昼前には行けると思うわ」

「仕方がないわね」

洋子は荒々しく受話器を置いた。

しかし、今の英子には姉の言葉など少しもこたえてはいない。新しい恋で舞い上がっている英子は、姉の言葉に耳を傾ける余裕もない様子である。

その日、仕事を終えて早く床に就き、翌朝、豊岡の病院に向かった。


円山川を下り、野上に出て栄町の新井の病院に着いたのは十一時少し過ぎであった。

「遅くなってごめんなさい」

「おねえちゃん」

「あら、アヤちゃん、元気そうねぇ」

と買って来たパジャマを渡した。

「わぁー、ありがとう。まま、みて」

洋子はまだ気分がすっきりしないのか、雲行きが怪しい。

「アヤちゃん、ちょっとテレビを見ててね。すぐに戻って来るから」

「ずっとはいやよ」

「十五分ぐらいかな。このドアの外よ。遠くには行かないから」

「うん、いいよ」

二人は病室の外に出た。

「アヤの前では話せないでしょ」

「何よ、怖い顔して」

「よく平然としていられるわね」

「引越しした事を怒っているの？」

「引越しなんてどうでもいい事よ。大事なのは連絡先が変わったら、どうして真っ先に教えてくれないのかってことなの。それでなくてもアヤが入院している事はわかってたはずよ。何かあったらどうするつもりなのよ」

「だから謝っているじゃない」

「それだけの事なの？　アヤの事をそれくらいにしか思ってないの、あんたは」

「……」

英子は何も言えなかった。

「アヤはね、手術を余儀なくされてるの。手足の手術ではないの。生命にかかわる事なのよ。あんたの事やアヤの事で、私の胸は張り裂けそうよ」

「徐々に良くなってるって聞いたから」

「こんな事があるから、連絡先だけはきちんとしておいてって言ってるのよ」

「わかったわ、ごめんなさい」

言いたい事を言って胸のつかえが取れたのか、洋子は少し冷静さを取り戻した。

「手術費はどうするつもり？」

「どのくらいかかるのかしら？」

「見当がつかないわよ。先生はまだ何もおっしゃらないもの」

「そう……」

英子も不安になってきた。

「私は怖くて聞けないわ。あんたは新井先生を知ってるって言ったわよね？」

「ええ、知ってるわ」

「ちょっと聞いて来てよ」

英子は戸惑った。そんな英子を見て洋子は、

「素通りしてはいけない事なのよ」

と英子を急《せ》かす。

「先生はいらっしゃるの？」

「午前中に見えたから、いらっしゃると思うけど」

「でも、どこに行けばいいのかしら？」

「受付で聞けばいいんじゃないの？」

「そうね。じゃ、行って来るわ」

「私も行った方がいい？」

「いいわよ。姉さんはアヤの側にいてあげて」

英子は重い心を引きずって受付に向かった。

「すみません、新井先生いらっしゃいますか？」

「少しお待ちください」

受付の女性はすぐにマイクに向かい、

「新井先生、新井先生、受付までお願いします」

二度ほど同じ言葉を繰り返すと、近くにいたのか、新井はすぐに来た。

「やぁ」

「お久しぶりです」

受付の女性の手前、英子は丁寧に頭を下げた。

「あの……アヤちゃんの事で」

「じゃ、私の部屋へどうぞ」

受付に、

「何かあったら、私の部屋にいますから」

新井はそう言うと、英子の肩をポンと叩いて歩き出した。

「殺風景なところですが、どうぞ」

英子はきまり悪そうに部屋に入った。綺麗に片付けられたその部屋の本棚には、医学書がびっしりと詰まっている。新井が急に偉く見えた。

「お姉さんから話は聞いたの？」

「ええ。そんなに悪いんですか？」

「急を要するので、手術は明後日の予定だ」

「費用の事もありますし、そんなに急に言われても……」

「手術の方が先だ。そんな事は後でいい」

「でも……」

「そんな事より手術の日の事だけど……仕事だろ？」

「ええ」

「お母さんもついてるし、それに僕がいるから心配ない」

「心強いわ。よろしくお願いします」

「ただ一つ心配なのは、転移のおそれがある。まだお母さんには言ってないが」

「言わないでください。きっと姉は病気になります……。どうしましょう。心配だわ」

「できる限りの事はする。だから、あまり悲観的にならないでほしい」

「でも、あんなに元気なのに……」

英子は涙ぐんだ。

「今の医学を信じなさい」

「姉に言った方がよいのでしょうか？」

「これから僕が伝える。それまでは普通にしていた方がいい」

英子はアヤを思って、また涙ぐんでしまった。その時、ノックもなしにドアが開いて一人の女性が入って来た。

「ノックもしないで失礼じゃないか。今、大事な話をしているところなんだ」

「あら、こんにちは。私、婚約者の玲子です。よろしくね」

「そんな事を誰が決めたんだ」

「どんなお話をしてらしたの？」

「君には関係ない」

「大事な話って、芸者を泣かせる事なの？　穏やかではないわね」

「患者さんの身内の方だ。失礼じゃないか。時と場所を考えたまえ。帰ってくれないか。そして、二度と病院には来ないでくれ。ひとつだけ言っておくが、僕は君と結婚する気は全くない。これだけは、はっきり言っておく」

「そっちがなくても、こっちにはあるわ。そんなに私に冷たくしてもいいのかしら？」

その場にいるのが耐え切れなくなった英子は、黙って部屋を飛び出してしまった。その後、アヤの部屋には行かず、建物の外に出た。そして、力なくベンチに腰を下ろすと物思いに耽《ふけ》る英子である。

新井は親の反対を押し切れず、あの女と結婚してしまうのではないだろうか。英子は彼女の意味ありげな言葉を思い出していた。自分がいない方が新井のためなのか。若く綺麗な玲子を目にした今、英子の心は再び重く、苦しく揺れ動いた。

行き交う人々の姿も目に入らないまま、英子は立ち上がり、身体いっぱいに風を受けた。新井に対する情意を英子はその風に感じているのである。その時、部屋の窓際に立っていた新井は寂しげに佇んでいる英子の姿を見つけると、玲子を無視して外に飛び出した。俯《うつむ》いていた英子は目の前にいるのが新井とも知らず、その場を立ち去ろうとした。突然、新井に肩を叩かれ、顔を上げた英子は、今までの苦しさを吐き出すかのように声をあげて泣いた。新井の白衣が濡れるのも構わず、しばらく新井の胸に顔を埋めていた。

「今日は、もう帰りなさい」

「あの方とご一緒なの？」

「馬鹿な事は考えない方がいい。今は、アヤちゃんの事で頭がいっぱいだ」

「すみません」

「今日はこれからアヤちゃんの事で忙しくなるからちょっと遅くなるが、必ず十時頃には行く」

「わかったわ」

院長室では玲子が先程から窓の外の光景をじっと見つめていたが、その目は冷たく嫉妬に狂っているようだった。


新井と別れた英子はアヤの部屋に戻った。

「随分、時間がかかったのね」

「ええ……」

平静を装っている英子であるが、洋子の目は誤魔化せなかった。

「どうしたの？」

「別に、何も……」

「何か変よ。前から気になっていたんだけど、新井先生と何かあるんじゃないの？」

「何もないわよ」

英子は洋子の言葉を無視した。

「先生がね、費用の事なんか今は気にする事はないって言ってくださったの」

「ふーん」

洋子は意味ありげな返事をした。

「無理なお願いしたんじゃないの？」

「そんな事はないわよ。先生の方から言ってくださったんだもの」

「それならいいけど」

「姉さん、今日はどうしても休めないの。これで失礼するわ」

「じゃ、手術の日は必ず来てね」

「でも、先生が手術直後は大変だからアヤが落ち着いたら連絡をするっておっしゃったわ。お母さんも僕もついているから心配ないって」

「先生がそう言ったから来ないの？」

「そういうわけでもないけど、かえって邪魔ではないかしら？」

「どっちにしても私は付き添っているんだから」

「いつも悪いわね。先生から連絡を頂いたらすぐ来るわ。そうだ、この前、アヤに『お姉ちゃんがアヤちゃんのお母さんになってもいいかな？』って聞いたら、プイって横を向かれたわ。私がこんな調子だから仕方ないけど、少し寂しかった」

「子供を育てるって大変な事なのよ」

「姉さんに押しつけて、ほんとに悪いと思っているわ。姉さんの愛情がアヤをそうさせたのよ」

「姉妹二人だけなんだから、協力しないと仕方がないでしょう」

「感謝してます」

二人にはすでに両親はいない。姉が八歳、英子が五歳の時、父の営む材木業が倒産し、母は貧乏暮らしに耐え切れず、二人を残して家を出た。無責任な母である。英子が中学に入る頃、父は思うように仕事ができないのを苦に自分からこの世に見切りをつけた。その後は、父の両親が二人を引き取り、高校を出るまで面倒を見てくれた。大学に行くと言えば行けない事はなかった二人だが、姉は高校を出るとすぐに役場に勤め、英子も高校卒業後、姉を追って役場で働いた。しかし、同じ事の繰り返しが英子の性格に合わず、三年で退職。その後、芸者になった。

そして、客と恋に落ち、アヤを産んだのだが、親の愛情を知らない英子は何としても自分でアヤを育てたかった。自分のように寂しい思いはさせたくない……そう強く感じていた英子であったが、子持ちの芸者にはそこはあまりにも冷たい世界であった。それに負けた英子は、無理を言ってアヤを姉に預け、再び仕事に戻った。

そして、四年の月日が経った今、アヤを生きがいにしている姉の手からアヤを取り上げる事はできない。何よりも、今さら、アヤが自分の子供である事を新井に告げる勇気もなかった。

自分を捨てた母……今、英子は母と同じ事をしようとしている。しかし、アヤの事だけ思うと、養女にした方が姉もアヤも幸せなのではないだろうかと思い始めている英子である。時が過ぎ、自分が実の母親だと知った時のアヤの動揺する顔が目に浮かんだ。

英子は意を決して姉に手紙を書いた。今までの姉への思い、アヤの事、そして自分の考えを書いた。特にアヤの事になると、幾度かその手元に涙が落ちる。そして、その手紙は便箋十八枚の長いものになった。

手切れ金

新井はすでに三木屋で食事をしていた。

忙しい英子は、いつも約束の時間より遅れて入って来る。この日は特に、団体の客が延長を申し出て、コンパニオンの応援を頼むほどになった。

少しの時間を見て、英子は新井のいる部屋に急いだ。

「ごめんなさいね。どうしても終わりそうにないの」

「仕方ないだろう」

「合鍵を作っておいたので、お食事がすんだらお部屋で待っててくださる？」

「ほかの人が来てくれても話す事もないし、そうしようか」

「一人にしてすみません。終わったらすぐに帰りますから」

「僕の事なら心配いらないよ」

「初めてでわからないといけないと思って、地図を書いておきました」

新井に地図を渡すと、英子はまた座敷に戻り客の相手をしたが、自分の部屋で新井が待っている、そう思っただけで自然に英子の心は弾んだ。

座敷が終わると、まっすぐ寿司屋に行き、新井と自分のための寿司を買った。

家に着くと、新井は疲れていたのか、すでにベッドで軽い寝息をたてていた。新井が目を覚まさないように、英子はそっと帯をとき、着物を脱いだ。新井を気にしながらいつもより早めに風呂から出て来ると、新井はすでに目を覚まし、ダイニングで新聞を読んでいた。

「ごめんなさい、起こしてしまって」

「いいんだ」

湯上がりの英子は一段と美しい。新井は両手を広げて英子を呼んだ。恥ずかしそうに新井に寄り添う英子を、新井は力いっぱい抱きしめた。

「嬉しい事を言おうかな……よそうかなぁ……」

新井は悪戯《いたずら》っぽく笑う。

「なぁに？」

「聞きたい？」

「もちろん、聞きたいわ」

「明日、休みなんだ」

「本当？　じゃ、泊まっていけるのね」

「そうだよ」

英子は嬉しさのあまり、新井に飛びついてしまった。

「子供みたいだね、君は」

と言いながらも、そんな英子を誰よりも愛しく思う新井である。この界隈で評判の美貌を誇る英子は、もう自分だけのもの。その事が余計に新井を夢中にさせた。年を重ねた女の激しさを、それにも勝る愛で受け止める新井である。


次の日。

初めて二人でゆっくりできる一日。

英子は、女将から定休日に座敷に出るという事で休みを貰い、新井と二人で京都に出かけた。

約三時間のドライブである。城崎から豊岡を経由して出石で国道四二六号線に乗り、登尾トンネルを抜けたあと、野花から九号線で福知山へ、そして丹波町から京都縦貫道に出た。

「この辺りで何か食べようか？」

「そうしましょうか。もうお昼だわね」

そして、新井の好きなそばで昼食をすませると、また車を走らせた。

「西陣織の職人に知人がいるんだ。ちょっと行ってみないか？」

「ぜひ、行きたいわ。私、織っているところを見た事ないんです」

「それはちょうどいい。ここからはそんなに遠くないから」

「楽しみだわ。でも、見ると欲しくなるわ、きっと」

「目の保養でもいいんじゃないか」

「そうね」

話しているうちにその知人の家に着いた。

「すみません。小川君いらっしゃいますか？」

外で仕事をしていた長老に尋ねると、

「あや、新井君ではないか。久しぶりですなー」

「お久しぶりです」

「おや、結婚したのか？」

「そのつもりですが」

「ほう、それはおめでとう。でも、君にはもったいないね」

昔から口の悪いのには定評のある長老であった。

「中へどうぞ。その辺にいるだろう」

「それでは失礼します」

二人が工場に入ると、新井の同級生だという豊は奥で忙しそうに働いている。

「豊」

新井が呼ぶと、何やら手で合図をした。

「少し待っていよう」

「貴方は、あの方が言ってらした事がわかったの？」

「長年の付き合いだ」

「そういうお友達って素敵ね。羨ましいわ」

そこへ小川豊が、

「待たせたね」

と手を拭きながら近づいた。

「はじめまして、英子と申します」

「すごいじゃないか、お前。結婚するのか？」

「僕はそのつもりだが」

「こんなにいい男はいないよ、英子さん」

「わかっていますわ」

「ほらみろ、もう決まりだね。美男美女とはよく言ったもんだ」

「今日はそんな事で来たんじゃないんだ。彼女が西陣織を見たいと言うので」

「それなら工場を少し見学して、後で店に行くといいよ」

「一緒に行ってくれるんだろう？」

「もちろん、行くよ」

それから工場を見学して、三人は店に向かった。

「ここが店です」

「まぁ、ご立派なお店ですこと」

中に入ると、高級な帯や着物がずらりと並んでいる。その中に英子の気に入った帯があった。

「この帯、素敵ね」

「向こうにもたくさんあるよ。見て来た方がいいよ。僕は豊と話をしているから、ゆっくり見るといい」

「お言葉に甘えて」

英子はゆっくりと店内を見て回る。その間、新井たちは男同士の話に花が咲いていた。

「着物が似合う美形だね。ほんとに結婚するのか？」

「俺はそのつもりだ」

「彼女に何か問題があるのか？」

「問題があると言えば俺の方だよ。おふくろがうるさくてね。結婚ぐらい自分で決めたいよ。どうしても駄目だとしたら、あとは駆け落ちしかないね」

「惚《ほ》れてんだなぁ、彼女に」

「彼女以外の女と所帯をもつ気はない。彼女といると心が休まるんだ。苦労している分、人の心の痛みもよくわかるし、最高の女だよ」

「ほんと美人だよなぁ」

豊はそう言いながら英子を見た。

「新井、着物を着てもらってもいいかな？」

「何をするんだよ」

「うちの西陣のポスターのモデルにどうだ？　いいだろう？」

「俺は何とも言えないよ。そんな事は彼女に聞いてくれ」

英子はお店を見て回っていたが、やはり最初に見た帯が気になるようであった。

「気に入っているようだね」

「素敵ね……」

「これでいいのかい？　僕からのプレゼントだ」

「そんな、いけないわ。私にはもったいないもの。これに合うような着物もないし、駄目よ」

新井は小川を呼んだ。

「豊、これに合う着物を見てくれよ」

小川はさすが商売人である。その帯に似合った着物を抱えて来た。

「これなんかどうですか？」

「これも素敵だわ」

小川はその中で英子が一番気に入っている着物を着せてみた。

着替え室から英子が出て来ると、新井はもちろん、店にいるお客は溜息をついた。まるで博多人形を思わせるような白い肌と優雅に着こなしているその姿は、写真から抜け出したようである。

「すごいよ、新井。こんなに着物が似合う女性に会ったのは初めてだ」

「着物がよく似合うだろう、彼女は」

「ただの主婦ではもったいない。そう思わんか、新井。さっきの話だが頼むよ。彼女に話してくれないか？」

「自分で言えよ。俺はノータッチ」

「じゃ、彼女がいいって言ったら文句を言うなよ」

「彼女の世界にまで入り込みたくはないからね」

「そうか。それじゃ、俺が話す」

小川は英子の側に行き、話を始めた。

「あの……新井にも話したんですが、ポスターのモデルになっていただきたいのですが、どうでしょうか?」

英子は驚いたような顔で新井を見た。

「新井さん、どうしたらよろしいかしら?」

「自分で決めなさい」

「でも……」

「ただ写真を撮るだけですからお願いしますよ」

「小川がひと目惚れしたんだから返事をしてあげなさい。僕は素晴らしい事だと思うけれどなぁ」

「貴方がそうおっしゃるのでしたら、構いませんが」

「よし、決まりだ」

「お前は相変わらずだなぁ。こうと決めたら押し通す」

「よしてくれよ、そんな言い方は」

「なにも悪いとは言ってないだろう」

「今日、時間は大丈夫なのか?」

「別に用事はないが。京都見物のつもりで出て来ただけだから」

「彼女は?」

「私も別に」

英子はあくまでも新井に従って行動するつもりでいる。

「手間は取らせないから。一時間ぐらい時間をくれないか？」

「そのくらいの時間だったら大丈夫だよ。ね？」

「構わないわ」

そして、三人はすぐ写真館に行った。

小川の仕切るなかで十二枚ほど写真を撮ったが、一時間もかからず撮影は終わった。

「思ったより早かったわね」

「英子さんのお陰です。どの角度から撮っても絵になる。ほんとに素敵です」

「ありがとうございます」

「じゃ、遅くならないうちに行こうか」

「そうね。それでは、着替えて来ますから待っててくださる？」

「着替えなくていいよ。僕からのプレゼントだ」

新井は最高の笑顔で英子に言った。

「まぁ、そんな。こんなお高いものを……」

「後にも先にも、今日だけだから遠慮はしない方がいい」

「すみません。嬉しいわ。私の宝物ができてしまったわ」

英子は手放しで喜んだ。

予定外の時間を費やした二人は、少し足を延ばして京都を見学し、市内で夕食をすませてから家路に着いた。十分に満足して家に戻った時は、もう夜の十時を回っていた。いつもなら家の前まで送ってくれる新井であったが、明日の朝が早いという事と、部屋に上がり込むとまた遅くなるのは自分なりによくわかっていたらしく、家の脇で英子を降ろし、新井はそのまま家に帰って行った。

車を降りた英子がアパートに近づいた時、一台の車の中から中年の女性と玲子が出て来た。

「お母様、この人よ。間違いないわ」

玲子が冷たい目で英子を見た。

英子は玲子の隣に立っている女性が新井の母である事がすぐにわかった。

英子は平静を装い、

「何か、ご用でしょうか?」

と母親に向かって言った。

「あなたが英子さんなの? 一度、大師山でもお目にかかりましたわね」

英子は黙っていた。

「一の母でございます。一とはどういうご関係ですの?」

「……」

「芸者さんでしょう?」

「それが何か?」

英子の胸は大きく波打った。

「今、病院に寄って来たんですのよ。でも、休みでいなかったわ。今までご一緒でらしたんでしょう?」

「……」

英子は答える必要がないと思い、口を開かなかった。その間、玲子はずっと英子を見据えたままである。

「何故、お話をしてくださらないの? お話をすると困る事でもあるのかしら?」

「私は、お付き合いしているともしていないともまだひと言も言っておりませんが」

「では、はっきり聞くわ。しているの? していないの?」

「新井先生に聞いてください。私からは何とも言えません」

英子はあえて新井さんとは言わずにいた。

「ここではっきり言っておきます。一はこの玲子さんと結婚の約束をしてるんですのよ。脇からあなたのような芸者さんが現われると大変困るんです。すんだ事は仕方がありませんが、これからは絶対に会わないと約束していただきますよ。一にも強く申しておきますから。よろしいわね」

母親はそう言うと、一通の封筒を差し出した。

「何でしょうか?」

「手切れ金です。芸者さんは何でもお金で解決なさるんでしょ。これでいいわね、玲子さん」

母親は冷たく笑った。その見下した態度に英子は我慢ができなくなった。

「そのようなもの結構です。お金には不自由していませんから。お二人は芸者というものを誤解されているようですわね」

「誤解なんてしてませんわ。見れば相当な着物をお召しのようですが、どうせ、どこかの殿方に甘えて買っていただいたものでしょ。男商売をしているとそういう事は普通なんでしょうから、これでは一が可哀相だわ」

この人は本当に一の母親なんだろうか。英子は繁々《しげしげ》と母親の顔を見た。話せば話すほど不愉快になる……英子はそう思い、

「遅いので失礼いたします」

と丁重に頭を下げた。

「絶対に許しませんからね。そのおつもりで。いつまで話をしていても無駄ね。玲子さん、帰りましょう」

そう言うと、母親はプイッと背を向けて車に乗った。

この人の前で弱気になったら負けになる。そう思って感情を抑えていた英子は、部屋に入るなり大きな声で泣き出してしまった。

母親はその足で新井の部屋に向かった。新井がまだ背広のまま新聞を読んでいるところへ母親と玲子がやって来た。

「どうしたの？　こんなに遅く」

新井が母親を中へ入れようとした時、玲子が後ろから顔を出した。

母親はいきなり、

「あの人、ここへ来たりするの？」

「あの人って、誰？」

「とぼけたって駄目よ。今、芸者と付き合っているんでしょ」

「君が一部始終を報告しているのか？」

「玲子さんには関係ないわよ。私が聞き出したのよ」

「それはおかしいね。どっちにしても君と結婚する気はない。そのつもりでいてくれ」

「そんな言い方はないでしょう」

「君は陰険だよ。自分の力で向かって来いよ。おふくろの力を借りるなんて最低だよ。自分の事は自分で決めるから」

「どうしても、あの人がいいの？」

「あの人、あの人って何も知らないくせに気安く口にしないでほしいね」

「今、会って来たばかりよ」

「なに？」

「あんな芸者のどこがいいのよ」

「ほっといてくれ。少なくとも二人にはない優しさがある。彼女と一緒にいるととっても心が安らぐ」

「少し冷静になって」

「俺の気持ちは変わらないから。誰が邪魔しようと変わらないよ」

「玲子さん、一は一時の熱に浮かされているだけよ。気にする事はないわ」

「彼女に失礼な事を言ったんじゃないだろうね？」

母親は黙っていた。

「もう、帰ってくれないか。そんな話なら聞きたくない。今、何時だと思ってるんだ。非常識も甚《はなは》だしいよ」

「絶対に許しませんからね。ましてや芸者なんかと。あなたは病院の院長ですよ」

「院長だから結婚も自分で選べないんだったら、そんなものはいらないよ。口を開けば芸者、芸者。芸者のどこが悪いんだ。苦労している分、その辺の女よりしっかりしてる。出しゃばった事など絶対にしない」

新井は乱暴な口調になっていた。

「付き合う相手でこんなに変わるものかしら。怖いわ」

母親は捨て台詞を言って出て行った。

新井は英子が心配になり、すぐに電話をしたが、やはり英子は元気がない。

「悪かったね。母がそっちに行ったんだって？」

「貴方が謝る事はないわ」

英子はそれだけ言うのがやっとだった。そして、張り詰めていた糸がプッツリと切れたように急に涙声になった。

「ほんとに悪かった。でもね、僕の気持ちは何があっても変わらないから。泣かないでくれ。僕まで辛くなるじゃないか」

「ごめんなさい」

「僕の気持ちがわかったら気分を直して。いいね？　僕が信じられないのかい？」

この言葉……英子は六年前、同じ言葉を信じて捨てられた事を思い出した。しかし、新井とアヤの父親を一緒にする気は全くなかった。

「わかったわ」

「あぁ、よかった。心配したんだ。もう、会ってくれないかと思ってね」

「貴方の気持ちはわかったわ。でも……」

「何があったんだ。言ってごらん」

「貴方のお母様、酷《ひど》いわ。どうせ、その着物もどこかの殿方に甘えて買ってもらったんだろうって……」

「そんな事を言ったのか？　でも、そんな事なんか気にしない方がいい」

「それとね、芸者は何でもお金で解決するんだろうからって、手切れ金を出されたの。もちろん、受け取らなかったわ。そんな事で貴方を愛したんじゃないんですもの」

「辛い思いをさせたね。本当にすまない」

新井はすぐにでも英子の側に行きたかった。それは英子も同じ気持ちであったが、お互いに仕事を持つ身である辛さを二人は感じていた。

「わかったね。アヤちゃんの事もあるし、遅くなると思うが、明日必ず行くから。いいね？」

「大丈夫よ。もう泣かないわ」

と言いながらもベソをかく。


朝になり、気持ちが落ち着いてきた英子は少し横になったが、外の騒がしさですぐに目が覚めた。眠れなかった英子は珍しくサウナに行き、汗を流すといくらか頭がすっきりし、湯島で買い物をした後、薬局に寄った。

店に入ると、感じの良い女将の息子が店番をしている。

「こんにちは。お母さん、いらっしゃいますか？」

「ちょっと出かけていますが……出かけていると言っても、前の神社で友達とラジオ体操でもしてるんじゃないですか」

「お母さんはいいお友達がたくさんいらして楽しそうね」

「ここの前ですよ。行ってみては？」

「じゃ、ちょっと行ってみます。ありがとうございました」

英子が向かいの神社に行くと、女将は四、五人の友達と楽しそうに体操をしていた。なるべく邪魔をしないように遠くで見ていると、女将は英子に気づいたのか、体操をやめて、いつもの爽やかな笑顔で寄って来た。

「お母さん、続けてください」

「いいんだよ、もう終わるから。今日は買い物?」

「ええ。部屋を借りたもので」

「そう。ひとりの方が気楽でいいわよ」

「何も気にする事がないんですけれど……その分、だらしなくなるわ」

「何言ってるのよ。人間は付き合っていればわかるって……ちょっと、前でコーヒーを飲まないかい?

まだ時間はある?」

「ええ」

この前、新井と一緒に来た喫茶店に入った。

「あら、お久しぶり。あら、よしこさんもご一緒で」

「貧乏暇なしで。たまには綺麗どころとお茶でもと思ってね」

「ほんとに、英子さんはいつ見ても綺麗ねぇ」

「まぁ、そんな……」

英子は恥ずかしそうに下を向いた。

「この前の人はあなたのいい人かい?」

ママが悪戯《いたずら》っぽく英子の耳元で囁《ささや》いた。

「お客様ですよ」

「そう……でも、よく似合っていたわよ」

「あぁ、あの人の事?」

「あら、よしこさんも知ってるの？」

「この前、ちょっとね。なかなか男前じゃない」

英子は新井の話になると元気がなくなってきた。

「どうしたの？」

「いえ、別に……」

よしこ女将を自分の母親のように慕ってきた英子は、新井の事を相談する事にした。

「向こうのテーブルに行きましょう」

英子は女将と二人になりたかった。

「何かあったの？」

「お母さん、私、好きな人がいるんです」

「この前のあの人かい？」

「ええ。でも、あの方には母親が決めた人がいるんです」

「立ち入った事を聞いてもいいかな？　何をしている人？」

「豊岡の新井病院の院長なんです」

「そうか……でも、こういう事は二人の問題じゃないのかい？　いくら母親でも口を出す事じゃないよ」

「この仕事がいけないのかしら？」

「何を言い出すの。芸者のどこが悪いって言うの。彼はなんて言っているの？」

「僕を信じられないのかって……」

「それなら問題ないじゃない」

「でもね、お母さん。彼のお母様と婚約者という女性が私の部屋に見えたの。そして、手切れ金だって……」

英子はまた泣き出してしまった。

「受け取ったのかい？」

「受け取るものですか。でも絶対に許しませんから、そのつもりで……って」

「何様だか知らないけど、心が狭いね」

「……」

「こんないい子なのに、どこに目をつけてるんだよ」

女将は興奮気味である。

「彼を一度、連れておいで。話を聞けば、先が見えて来るもんなんだから」

「すみません。いつも変な話ばかりで」

「何言ってんのよ。親子じゃないか。私はあんたの事を本当の子供だと思ってるんだから……元気を出してよ」

「お母さんと話をしていると元気が出るわ」

「何だか疲れているようだけど、大丈夫なの？」

「昨日、眠れなかったの。でも、サウナで汗を流してきたので大丈夫よ」

「大丈夫なのね？　それじゃ、今日も頑張っておいで」

「ありがとう、お母さん」

　女将と別れた英子は美容院へ行った。身体が少し辛かったが、昨日、無理を言って休んだ以上、今日は休むわけにもいかず頑張って座敷に出た。

親子

　病院では、晴れて正式に親子となった洋子とアヤが何やら楽しそうに話している。まだ、そのお祝いをしていない洋子は、アヤの誕生日をその日と決めていた。

　アヤは幸い転移もなく、血色も良くなり、あと一ヶ月もすれば退院できるまでに回復していた。

「アヤちゃん、今日は何の日ですかー？」

「うーん、わからなーい」

「今日は、アヤの誕生日でーす。アヤは五歳になりました」

「アヤは五さいでーす」

　洋子の真似をする。

「看護婦さんに、『アヤちゃん、いくつ？』って聞かれたら『五歳です』って言うのよ。もう、四歳じゃないんだから、いいわね」

「まま、ちょっといってみて」

「アヤちゃん、いくつですか？」

「五さいでーす」

「良くできました」

二人は幸せいっぱいの親子であった。

洋子がナースコールのボタンを押すと、一人の看護婦が慌てて飛んで来た。

「どうかしましたか？」

「ごめんなさい。アヤをひとりにできないものですから。これからちょっと街に出てきたいのですが、お願いできますでしょうか？　今日はアヤの誕生日なんです。それでちょっと……」

「そうだったの。アヤちゃん、いくつになったの？」

「五さいでーす」

「わぁ、すごい。ちゃんと言えるんだ」

「うん」

側で、洋子は目を細めて二人の会話を聞いていた。

「何時頃、お出かけですか？」

「遅くならないうちに帰って来たいので、そろそろ出かけようかと思っていますが……アヤちゃん、大丈夫よね？」

「だいじょうぶ。おねえちゃんたちがいるもん」

「そうね。それじゃ、すぐに出かけようかな。何か欲しい物ある？」

「ケーキとおにんぎょう。いっしょにねるんだもん」

「わかったわ。いい子でいるのよ。四時頃には帰って来るからね」

「うん、いいよ」

子供は何か買ってもらえる時は急にいい子になるようだ。


洋子は待っていたタクシーに乗って出かけて行った。田舎の道は空いている。十五分もかからずに街に出た。

そして、喫茶店に入り、これからの行動を練る事にした。コーヒーを頼み、しばらくは放心したように外を見ていた。窓の外を行き交う人々みんなが、それぞれ幸せそうに見えた。洋子もアヤの事を思い、自然に顔がほころんだ。

短いティータイムを終えて、初めに玩具屋《おもちゃや》に入る。たくさんの人形が並んでいる棚を眺めているところに店員が近づいて来た。

「何かお探しですか?」

「子供にお人形を頼まれたんですが……ひと通り見てみます」

そう言って見回したが、五歳の女の子がどんな人形に興味を持つのか初めてのことなので、いまひとつわからなかった。

「あの……」

「何か?」

「五歳になる女の子なんですけど、どのようなものがいいんでしょうね？」

「女のお子さんでしたら、今、よく出ているのがこれですが」

とひとつの人形を取り出した。

言われた人形を手にした洋子は、

「少し大きすぎるわ。今、入院中なんです。もう少し柔らかくて、可愛らしいものはありませんか？」

「ちょっとお待ちください」

店員は奥に引っ込んで行った。そして、これから店頭に出す予定だという人形を洋子に見せてくれた。

「まぁ、可愛いこと。これなら柔らかいし、ちょうどいい大きさだわ」

洋子はひと目で気に入った。

母親というものは、人形ひとつでこんなに幸せになれるものなのか……洋子は母親である今の自分の幸せを犇々《ひしひし》と感じていた。

洋子はその人形と小さなクマの縫いぐるみを買い店を出て、ケーキ屋を探して歩いて行く途中、自分の洋服を買った。

久しぶりに街に出た洋子であったが、今日のような楽しい忙しさは疲れを感じさせないようである。しばらく歩いて行った橋の袂にケーキ屋があった。中には小さなテーブルが三つ並んでる。ケーキを注文し、またコーヒーを飲んで喉を潤し、三十分後に店を出た。

今夜はアヤと二人だけの小さなパーティーが待っている。その気持ちが洋子の財布の口を緩《ゆる》くした。

それから二、三の買い物をして、約束通り四時には病院に着いた。

「ただいまー」

洋子が部屋に入った時、アヤは若い看護婦と何か作っていた。

「まま、みて。プードル」

アヤは洋子を見ると顔いっぱいに喜びを表した。

「あら、ほんとにプードルだわ」

看護婦は器用にチューブの切れ端でいろいろな動物を作ってくれた。

アヤは洋子の荷物に目をやると、

「まま、おにんぎょうは？」

と言いながら、手を出した。

「もちろんよ。アヤとの約束はちゃんと守るわよ。ほら」

「わぁ、かわいい。はやく、はやく」

洋子は人形と一緒に買ったクマの縫いぐるみも渡した。

「まま、これもいいの？」

「可愛いでしょう？」

「かわいい。まま、ありがとう」

洋子が買ってきた物をベッドに置いている時、いつもお世話になっている看護婦がワゴンにプレゼントを乗せて入って来たので、部屋は急に賑やかになった。

「アヤちゃん、私からのプレゼント」

「私のは、これ」

次から次へと出てくる。みるみるうちにアヤのベッドはいっぱいになった。

「アヤのねるところがなくなっちゃうよ」

と言いながらも、満足そうなアヤである。

そして、一つひとつ手に取っては自分の気に入った場所に置き、それを眺めてはまた、置き換える。一番気に入っているのであろう、洋子が買ってきた人形を真ん中に、得意になっているアヤ……。

洋子はそんなアヤが愛しくてたまらないといった様子である。入院中に少し甘やかしたような気もする洋子であるが、怒ったり、なだめたり、仲良くなったり……の繰り返し、これが家族である。

「みなさま、今日はアヤのために本当にありがとうございました」

洋子は少し涙ぐんでいた。

そして、洋子がカーテンを閉めると看護婦がローソクに火をつけた。みんなでバースデーソングを歌い、アヤが力強くローソクの火を吹き消すと、忙しいであろう看護婦のためにすぐにケーキを切り分ける。忙しい看護婦はそれを持ち帰り、時間のある人はアヤと一緒に食べた。

「アヤちゃんはほんとにいい子ねぇ。だから、もうすぐ退院だものね」

「いつ、かえれるの？」

「今度、先生に聞いておくから」

と言いながら、看護婦はカレンダーの三十日前後を指した。

「もう、おねえちゃんたちにあえないの？」

「時々、遊びに来てもいいよ」

「いいの？」

「アヤちゃんとお姉ちゃんは、もうお友達じゃない」

「でも、アヤはようちえんにいきたいなぁー」

「みんなが待ってるよ。アヤちゃんはお友達がたくさんいるものね」

「うん」

この日のアヤは、本当に嬉しそうであった。晴れて親子になった祝いと誕生日を兼ねたこの日は、洋子にとって生涯忘れられない日になるであろう。

新井の決断

英子が座敷で頑張っている頃、新井は母からの手紙を読んでいた。

手紙には病院の経営が行き詰まった事が切々と書かれている。次男坊とはいえ、病院の院長である新井は、その事実を強く受け止めたものの、母のやる事には同意できないでいた。母はそのために玲子との結婚を勧めているのか……そう思うと余計に母が疎《うと》ましくなった。

そして、反対されればされるほど英子への思いは募る一方である。自分が銀行の頭取の娘と結婚すればこの危機を乗り越えられる。かといって、安らぎを感じない玲子と一緒になる気はもちろんない。新井の気持ちとしては、平凡でごく普通の女性を望んでいる。苦労している英子はよく気がつくし、性格も優しい。女としても可愛い。妻としてこれ以上の女性はいないと心に決めている新井であった。

それから、二ヶ月。コートなしでは外を歩けないほど寒い日であった。今日は、あいにくの雨である。英子はまだ新井の病院の危機を知らずにいた。一日おきに来ていた新井も、三日、四日と間があくようになり、最近は二週間も会っていない。気になり始めた英子は、時折、電話を入れるがいつも新井はいなかった。しかし、英子は新井に特別な用事ができたんだろうと思い、それ以上の詮索はしなかった。なるべく新井の事は考えないように心がけ、今日も座敷に出た。雨の日は何故か座敷が忙しい。この日も三つの座敷を掛け持ちしたが、すべて馴染みの客である。

「ありがとうございます」

襖を開けると、いきなり無数のクラッカーがパン、パン、パンと英子の耳を裂いた。

「まぁ、何かしら？」

「おい、おい、君の事は何でも知ってるんだよ。今日は誕生日だろう？　そう思って時間をさいて来たというのに……」

「貴方の事で頭がいっぱいなの。自分の事などすっかり忘れていたわ」

「嬉しい事を言ってくれるね。お世辞でも嬉しいもんだね」

英子は自分の誕生日をすっかり忘れていた。

「いつだったか、柳湯の近くで君と擦《す》れ違った事があるんだ」

「お声をかけてくだされればよかったのに」

「よかったのかい？」

客は意味ありげに英子を見た。

「楽しそうだったよ。邪魔をしてはいけないと思ってね。君のいい人かい？」

「そんな人がいたら、すぐにでも所帯を持ちたいわ。お酒の相手をするよりも夢がありますもの」

「それはないだろう。僕の気も知らないで」

客が大袈裟に拗《す》ねると、皆が大笑いをした。

「そうか。それを聞いて安心したよ」

「まぁ、お上手だこと」

「この調子でいつも騙されるんだよなぁ、俺」

「まぁ、酷い。私は殿方を騙した事など一度もありませんわよ」

「むきになるところが、また可愛いね」

土建業という仕事柄、皆、口は荒っぽいが人間は悪くなく、このグループはこれでいいのである。この客に限らず、こんな会話は日常茶飯事でいちいち気にしてはいられないのである。人間性から見るとかえって親しみやすく、英子は好きだった。

「君も飲まないか？」

「少しだけ頂くわ」

珍しく、英子はその酒を一気に飲み干した。

「いけるじゃないか。ほれ」

客は注《つ》ぎ足した。

「今日は酔ってもいいのかしら？」

「ほう、珍しい事があるもんだねぇ。長年通って来ているけど、君の酔った姿は見た事がないなぁ。何かあったのかい？」

「悩みがあるように見えますか？」

「そんなふうには見えないが……」

「私にだって、たまには飲みたい時がありますわ」

「それならいいが。あまりファンを心配させないでくれよ」

「こんな私でも心配してくださるの？」

「そりゃーするさ。君の悲しい顔は見たくないからね」

そして、英子の耳元で、

「金ですむ事なら、いつでも相談にのるよ」

と囁いた。

そんな言葉が英子の心を寂しくさせた。こんな仕事をしていると殿方は必ず話がそこへいく。そんな感情を顔には出さず、

「ありがとうございます。でも、ほんとに何でもないんです。ちょっと飲みたかっただけですから……」

英子はまた、酒を口に運んだ。

新井に会えない寂しさがそうさせるのか、英子は次の座敷でも酒を飲んだ。妙子のように酒に飲まれる事はないが、今日の英子は少し違う。

「ありがとうございます。遅くなりましてすみません」

と言い、立ち上がろうとした瞬間に頭がふらついた。幸い離れていたせいか、客には気づかれずにすんだ。座敷は最後まできちんと勤めたい。そういう気持ちが英子を緊張させた。

いつもと違い、早いピッチで酒を飲む英子を見て、馴染みの客の一人、長谷川が心配そうに声をかけた。

「どうしたの？　今日の君はおかしいよ」

「ただ、飲みたいだけなのよ。心配しないで」

と言ったものの、時々、寂しげな表情をし、それを隠すためにまた酒を飲む。

十時三十分頃、客が引けた時にはもう限界に達していた。帳場で着物の襟を大きく広げ、冷たい風を身体に入れ、幾度か深く深呼吸をした。旦那が心配そうに英子を見ている。

「英子さん、大丈夫？」

英子は優しい旦那の顔を見た途端、急に寂しさが込み上げてきたのか、旦那の方に駆け寄って行った。

「どうしたの？　そんなに酔って」

「旦那さん、私……」

「いいから、こっちにいらっしゃい」

旦那は英子を事務所の中に連れて来た。そこでは仲居のマコが休憩をしていた。

「すみません」

「少し休んで、帰りなさい」

長年この仕事をしている旦那は、英子の悩みを察し、あえて新井の話はしなかった。

「マコちゃん、英子さんに冷たいお水を持って来てくれないか」

「迷惑をかけてすみません」

「気にしなくてもいい。でもね、生きていればいろいろあるのは当たり前だ。それをくよくよ考えてはいけないよ。考えてどうにかなるものだったら考えればいい。どうにもならないものをいつまで考えていても仕方がないいんじゃないか」

「そうですねぇ」

「マコちゃんなんか大変な苦労をしてきたんだよ。でも、この性格で乗り切ってきたんだ」

マコは隣で黙って話を聞いていた。

「英子さん、どんな悩みか知らないけど、人生曲げては通れない道があってね。私はね、結婚に失敗した女でね、結婚なんて作り事よ。騙したり騙されたり、女ができて失望したり、ある時、また信じたり。これの繰り返しだった。惚れているから身を引くという事が女として必要な時もあるのよ」

マコの話は、英子の胸にグサリと突き刺さった。自分にマコのような強さがあるだろうか。新井を失ったら自分は抜け殻になってしまう。英子にはそれを否定できない弱さがあった。その弱さを英子自身がよく知っていた。

「マコちゃんは強いわね。私、弱虫だから」

「自分を強くするのは自分よ。間違っていたらごめんね。英子さんは先生の事で悩んでいるのではないの？」

「マコ、よさないか」

旦那が横から口を出した。

「いいんです」

「どうしたのよ。いつも、あんなに明るいのに。英子さんにそんな顔は似合わないよ」

「マコちゃんは、どうやって苦労を乗り切ったの？」

「私の場合は、主人の女の問題だったから。相手の女に会ったら、主人と別れる決心がついたんだわね、きっと」

「どういう事なの？」

「相手の女に負けたという事かな。私より何でも優れていたからね。私は優しくもないし、綺麗でもないし……これだけの女だから……」

「わからないわ」

「英子さんはまだ若いから……そのうちわかる時が来るわよ」

英子はますますわからなくなってきた。

「英子さん、帰りは大丈夫かい？　送っていこうか？」

「大丈夫です。冷たい風に当たった方が酔いも冷めるでしょうから」

「外は雪だし、早く帰った方がいい」

「ごめんなさい。こんなに遅くまで」

「英子さん、くよくよしなさんな。何かあったら、いつでもおいで」

「ありがとうございます。それでは失礼します」

帰り支度をして、外に出た英子は首を竦《すく》めた。小雪がちらつき、その雪が首筋を冷やす。今日の英子には、それがとても心地よかった。

どうせ早く帰っても待っていてくれる人はいない。そう思うと急に寂しくなった。その寂しい気持ちと裏腹に、好きな歌を口ずさみながら家路に着く。澄み切った綺麗な声で歌っていた英子が急に歌うのをやめた。新井を思い出したのか、切れ長の美しい瞳に涙が溢れている。流れ落ちる涙を拭おうともせず、また小さい声で歌い出し、帰り道ずっと新井の事だけを思って歩いた。新井はとても優しい。優しすぎるから余計に辛いのが女心である。

家に着き、よろける足で階段を上がり、寒さで感覚のない手で部屋の鍵を開けた。酔っている英子は、そこに新井の靴があるのさえわからずにいた。隣の部屋に新井がいる事も知らず、英子はテーブルに寄りかかると大声で泣き出すと、それに気づいた新井がびっくりして飛んで来た。

「どうしたの？」

予想もしていなかった新井の姿を見て、英子は狂ったように泣き出した。新井の胸に飛び込んだ英子は、何度もその胸を叩いた。

「もう嫌、もう嫌」

子供のようにいつまでも声をあげて泣きじゃくる英子である。

こんな英子を今まで見た事がなかった。自分に会えない事が、英子をこんなに悲しくさせたのか……今の自分の立場を伝えるために部屋を訪れた新井であったが、それが言葉にならないまま、英子を強く抱きしめた。

我に返った英子は、一瞬、離れようとしたが、新井はその肩を離そうとはしない。慈《いつく》しむように英子を見つめるその目は、普段の医者としてのものではなく、優しい一人の男の目であった。

「ごめんなさい」

「飲んでいるんだね」

「ええ……私って駄目ね。こんなに弱いんですもの……」

「君が悪いんじゃない。僕に決断力がなかったからいけないんだ」

「そんな事はないわ」

「座って話そう」

「その前に、お茶を入れてきます」

そして、新井は意を決して話し出した。

「実は、病院を兄貴に任せ、僕は友人の病院で働こうと思っているんだ」

「院長を辞めて働くおつもり？　いけないわ、そんな事。お願いだからおやめになって」

「今の病院から手を引きたいんだ。おふくろがうるさくてねぇ、結婚の事」

「……」

英子は一瞬に酔いが醒めてしまった。

「友人の病院で働いてもいい。君が一緒なら、それでもいい」

「いけないわ。ご両親にそむいては」

「じゃ、僕が玲子と結婚しても平気なのか？」

「女は愛している人のためだったら、何でも我慢できるわ」

「僕は嫌だね。君のいない人生なんて。僕はもう、君がいてくれないと駄目なんだ。君が側にいてくれさえすれば、どんな事でも我慢できる」

「よく考えて、重大な事なのよ。貴方ひとりの問題ではないのよ」

「わかってるよ」

　こんな時の新井はまるで子供のようである。

「どうしても、君との付き合いを許してくれないんだ」

「私がこんな仕事をしているからね」

「君の仕事を誤解してるんだよ、おふくろは」

「私は貴方について行きたい。そのためなら仕事を辞めるわ」

「結婚したら、もう仕事なんてしなくていい。君ひとりぐらい楽に食べさせていけるよ。明日、京都に行く。院長をやっててね、悪友なんだけど、彼に頼んでみる」

「無理をなさらないでね」

「そうと決まったら、寝ようか」

新井の晴れやかな顔とは反対に、英子は自分が罪を犯しているように思えてならなかった。「結婚」という言葉に一時は酔いしれた英子であったが、自分がいては新井の将来が駄目になるのではないかと考えるようになった。そんな英子は、今、この一瞬を大切にしようと新井が望むとおりに精一杯、身を投じた。

今夜の二人には何も言葉はいらない……言葉は必要なかった。窓の外の雪も、それを知るかのように激しく降り続いている。

そして翌朝。

二人はまだベッドにいた。英子が目を覚ました時、新井はじーっと天井を見つめていた。

「ごめんなさい。起きてらしたの？」

「うん」

起き上がろうとした瞬間に、新井は英子を抱きしめた。

「このまま、誰もいない所へ行きたい……」

英子は新井の吐く弱音を初めて聞いた。この人は私より辛い立場にいる……そう思うと新井が可哀相で仕方がなかった。

「京都に行かれるの？」

「今、何時？」

「もう、十時を過ぎてるわ」

「いけない、帰りが遅くなってしまう」

二人は軽くシャワーを浴び、その後、英子は朝食とも昼食ともつかない支度を始める。慌ただしい食事が終わると、英子は新井の身支度を手伝った。

「慎重になさってね……心配だわ」

「大丈夫だよ。僕は自分の人生を邪魔されたくないんだ。いくら親でも、土足で僕の心に踏み込んでもらいたくない」

「でも……」

「君は心配しなくていい。自分の事は自分で決める」

いつもは子供のような新井も、今朝は頼もしい院長の雰囲気を匂わせた。

そして、外に出ようとドアを開けた時、英子はドキッとした。そこに新井の母親が立っていたからである。

「一はいるんでしょ」

英子は思わずドアを閉めようとした。

「どうしたの？」

「お母様が……」

新井は部屋の外に飛び出した。

「いい加減にしてくれよ」

「こちらが言いたい言葉だわ。こんなところで何をしてるの？」

「昨日も言っただろう？　もう、話す事はないんだ。俺に死ねとでも言いたいの？」

「死のうとでも思っているの？」

「あぁ、あんまりうるさいとね」

あまりにも大きな声で話をしているので、隣の住人がドアから顔を出した。

「中でお話しできませんか？」

「その必要はない。これから行くところがあるんだ。帰ってくれ」

「それでは、この人とお話をしますので、どうぞ出かけてください」

「冗談じゃないよ」

新井は荒々しくドアを閉めた。

「何を言い出すかわからないから、君も一緒に出よう」

「私は大丈夫よ。お母様を放ってはおけないわ」

「ほんとにいいのかい？」

「ええ、貴方がついていてくださるもの」

「何を言われても聞き流すんだよ、いいね」

「はい」

新井はそれだけ言うと出かける事にした。

二人が外に出ると、もうそこには母親の姿はなかった。

「全く、人騒がせな人だ」

「帰られたのかしら？」

「放っておけばいいんだよ」

車に乗り込んだ新井は窓を開け、

「なるべく早く帰って来る」

それだけ告げると、豊岡の方へ車を走らせた。

英子は新井の姿を追い、見えなくなるまでその場を動こうともせず、じっとその後を見つめていた。

曲がり角

英子が仕事から帰って来ても、新井は戻っていない。次の日、仕事に行く時間になっても帰って来なかった。後ろ髪を引かれる思いで家を出た英子であったが、仕事が全然手につかずにいる。こんな気持ちでいる時のひと座敷は長かった。

次の座敷は馴染みの客で、六人の小さな宴会である。私事を持ち込まないように意識して平静を装い、座敷を勤めていたところへ仲居が呼びに来た。

「英子さん、ちょっと」

「何でしょうか？」

「新井様からお電話です」

英子は逸《はや》る気持ちで電話口まで駆けて行った。

「はい、英子ですが」

「僕だ。連絡が遅くなってごめん」

「いいのよ」

「何時頃に終わるのかなー？」

「あとひと座敷あるの。でも、何故？」

「これから帰るんだが、少し遅くなる。時間がはっきり言えないので先に帰っててくれないか。早かったら迎えに行こうと思っていたんだが」

「わかったわ。それで、そちらのお話は？」

「帰ってから、ゆっくり話すよ」

「お帰り、気をつけてね」

英子が心配するまでもなく、新井の声は弾んでいた。

新井の声を聞いた英子は、別人のように元気になっていた。そして、座敷に戻る。

「席を空けて、すみません」

「急に元気になったねぇ。何かいい事でもあったのかい？」

「そうなんです。でも、言いたくないわ」

「大体、察しはつくがね」

「どうせ、殿方の事だと思ってらっしゃるんでしょ？」

「それ以外に、まだ何かあるのかい？」

「私の周りは殿方ばかりではないんですのよ。新しい着物ができた時も嬉しいし、昔の友人が訪ねて来る時も嬉しいでしょ」

「女の幸せって、可愛いもんだね」

「そうなんです。可愛いでしょ、女って……」

さらりと話を流す英子に客は脱帽の様子である。

「まぁ、いいか。さっ、飲んで、飲んで」

客に煽《あお》られて、英子はその酒を少し口に運んだ。

この不景気で客足が減ったものの、忘年会の時期になるとやはり忙しい毎日を過ごす英子である。


京都から城崎までは車で三時間。新井の帰りを十一時と考えて英子は風呂に入り、少しの夜食を取った。最近、英子は考え込むようになっていた。独りでいると、いろいろな思いが英子を悩ませる。自分がいると新井の将来が駄目になってしまうのでは……何も過去のある芸者と一緒にならなくても、もっと若くて優しい女性が自分以上に新井を愛してくれるはずだ。今の自分は、複数の人を傷つけているのではないだろうか……新井は本当に優しくしてくれる。でも、優しくされればされるほど英子の胸は痛んだ。知り合った当時、指折り数えて新井が来るのを待っていた頃と今の気持ちは全然変わらない。むしろ以前よりも優しい新井にどんどん惹《ひ》かれていく。新井の方から別れ話を持ち出してくれたら、どんなにか気が楽であろう。一時は別れようとした英子だが、その決心がつかないでいる。新井と別れて、独りの生活に戻る勇気も自信もない。そのきっかけさえ摑めないでいる英子であった。

ぼんやりしていると、エンジンの音がした。間違いなく、新井の車の音である。英子は気を取り直して外に出た。ちょうど新井が車から降りたところであった。

「遅くなってごめん」

英子は笑顔だけで新井の言葉を受けた。

若い新井は階段を一足飛びに上がって来て、

「ただいま」

と言うなり、英子に飛びついた。そして英子の手を引いて部屋に入る。

「お疲れでしょう？　お風呂になさいますか？」

「後でいい。まぁ、座って」

新井は英子の肩を押さえて、その場に座らせた。

「話を決めてきた。これからは給料取りになるがしばらくの辛抱だ。我慢できるね？」

新井の声は弾んでいた。

「ちょっと待って。急にそんな話をされても、お母様とか病院はどうなさるの？」

「病院の事を考えていたら君を失ってしまう。僕が辞めても兄がいる」

「でも、お母様は何とおっしゃっているの？」

「いいも悪いもないよ。今のおふくろは何も見えないんだ。息子を金で売るのと一緒だよ、冗談じゃないよ」

新井のドライな言葉に英子は戸惑った。このままだと新井が駄目になる。そう思った英子は心にもない事を口走る。

「私は、このままでもいいのよ」

「どういう事？」

「時々、会いに来てくださるだけで十分ですから」

「僕を嫌いになったのかい？」

「愛してるわ。だから……」

「だから、何なの？」

「貴方をただのお医者さんにしたくないの。勤めるって事が心苦しいわ。私さえいなければ……」

「そんな事は二度と言わないでくれないか。院長ばかりが医者ではないよ」

「でも……」

「いつも言ってるだろう？　僕には君が必要なんだ。君なしの人生なんて考えられないよ。どうしても嫌だと言うなら、僕は一生涯、結婚はしない」

　新井の強い決意の言葉に、英子は負けそうになった。

「何を躊躇《ためら》っているんだ。僕の事なら何も心配いらない」

　この時、英子は心の中で、「貴方が院長だから、いけないの」と呟いた。

「明日は仕事があるんだろう？」

「ええ」

「もう遅いから、また明日にしよう」

「そうね」

「貴方はどうなさるの？」

「整理する物があるし、家に行って来る」

英子がベッドに入った時には、もう一時を回っていた。ひとりで考え込む事が多かった英子は、新井が戻ってきてくれたというだけで心が落ち着き、久しぶりにぐっすりと眠る事ができた。

そして、翌日。

新井が家に帰ったままなので、英子はひとりでいるのが辛く、妙子に電話をした。

「どうしたの？　こんな時間に」

「今、行ってもいい？」

「いいけど。何かあったの？」

「……」

「黙ってちゃわからないでしょう？」

「行ってから話すわ」

「昨日は珍しく早く寝たから、そんなに疲れてはないし。すぐ来られるの？」

「すぐ行くわ」

「着物を持っておいでよ。ここから置屋へ行けばいいじゃない」

「そうね、そうするわ」

「まったく世話が焼ける人だね、あんたは……いいからおいで」

「ごめんね」

英子は京都で新井に買ってもらった着物と帯をバックに詰めて、妙子の店に行った。

妙子は朝が早かった事に少し愚痴をこぼしたが、それでも英子を優しく受け入れる。

「また、何かあったの？」

「ちょっとね」

「もう少し、自分を表に出したらどうなの？　英子のちょっとはどこまでがそうなのかわからないよ」

「迷惑ばかりかけるわね」

「そう思ってるんだったら、腹を割って話してくれない？」

「今日は、そのつもりで来たの」

「彼の事なの？」

「病院をお兄さんに頼んで、彼は京都の病院で働くって言ってるわ。もう、決めて来たようだわ」

「彼がその気なら、ついて行けばいいじゃない。何を躊躇《ためら》ってんのよ」

「私はね、彼を院長の席から引きずり下ろしたくないの。看護婦さんたちの信頼も厚いし、患者さんたちにもとっても人気があるし、そんな先生が私のために病院を去るとしたら、責任を感じるわ、私……」

「英子の気持ちはわかるけど、そんなに人の事ばかり気にしてたら、自分の幸せを逃《のが》してしまうよ……

それでもいいの？」

「……」

「英子の気持ちはどうなのよ」

「もちろん、ついて行きたいわ。でも、彼の事を考えると……もう、どうしていいのかわからなくなってしまって……」

「私が英子の立場だったら、二人で駆け落ちするね、きっと」

「妙子は、はっきりした性格だから……羨ましいわ。私にもそれくらいの気持ちがあればいいんだけど……」

「どうしても彼について行きたければ、それからのことは先々考えればいいのよ。あんたを見ていると、彼に対してずっといい子でいたい……そんな気がする」

「そんなつもりはないわ」

「自分がわかっていないだけよ。英子は昔からそうだった」

「昔って？」

「覚えてる？　高校二年生の時の事」

「覚えてないわ」

「そうでしょ。だから、自分の心がわかってないっていうのよ」

「何の話だか教えて」

「ほんとに覚えてないの？　あれは夏休みの前よ。黒木君が英子を好きで、英子も黒木君が好きだったわよね。後で、あんたの友達も黒木君が好きだとわかった時、彼女に悪いからって、泣きながら私に話した事があったじゃない」

「そんな事もあったわね。昔の事なので、もうすっかり忘れていたわ」

「英子のそんな優しい気持ちもいいんだけど、もう少しドライに考えられないもんかねぇ。あんたを見ていると、この辺がおかしくなる」

そう言って、胸を掻《か》き毟《むし》る仕草をした。

「妙子はいいわね、強く生きられて。羨ましいわ」

「性格は変わりようがないのかなー。代われるものなら代わってあげたい気もするけど……それより、お腹が空いたわよ。何か出前取ろうか？」

「妙子は何が食べたいの？」

「さっぱりと寿司でも食べようか？　あんたは？」

「私もそれでいいわ」

「ほんとにいいの？」

いつも自分の意見を述べない英子を思って、妙子は念を押した。正反対の性格である二人の間では、いつも妙子が事を進める。しかし、今日の英子には、妙子もほとほと手を焼いているようである。

昼食をとりながら、また先程からの話が進んだ。

「京都について行けば新しい生活が始まって、そこでまた、新しい事が待っているような気がする」

「そんなに簡単な話ではないのよ」

「英子を見ていると、何だか危なっかしい気がするのよ。あんたの事をよく知っているから……変な事だけは考えないでよ」

「変な事って？」

「たとえば、自分さえいなければ……って事よ」

「死ぬって事？」

「そうよ……」

「そんな事はしないわ」

「約束してよ、英子……」

「心配しないで」

「もう少し強くなってよ。人が何を言おうと二人がよければそれでいいのよ。彼だって、今は勤め人かもしれないけど、必ずまた、独り立ちできる人なんでしょうから。それを英子が支えていけばいいと思う」

「……」

「英子にはできないの？　今を大切にしてよ。今、何をすべきかという事を考えてよ。ね、わかった？英子」

「ありがとう」

「ほら、時間よ。早く支度しないと」

「あら、もうそんな時間なの？」

「私は下を掃除してくるから待ってて」

妙子が店に下りていくとすぐに着替えを始めた英子は、妙子が戻って来る間に手紙を書いた。

着替えを終えて店に下りると、妙子はまだ掃除をしている。

「今日はごめんね。しばらく考えてみるわ」

「そうよ、自分のためなんだから。自分の幸せを考えればいいのよ。ひとりでいるのが辛かったら、仕事が終わった後またおいで」

「ありがとう。じゃ、行ってくるわ」

「元気出して」

妙子は大きな声ではっぱをかけた。

店を出て湯の里通りを歩いていると、行き交う人々が皆幸せそうで、英子は自分だけが不幸のような、そんな気がしてならなかった。物思いに耽《ふけ》りながら歩いている途中、ふと、店のウインドーに目をやった。そこには背を丸め、項垂《うなだ》れている自分の姿が映し出されている。情けない姿であった。哀れな自分の姿を見た英子は、背筋を伸ばし毅然とした姿で歩き出した。


置屋に着くと、女将が何やら忙しそうにしている。

「あぁ、よかった。電話をしても出ないからどうしたのかと思ったよ」

「何かあったんですか？　妙子のところに行っていたんです」

「そうだったの。早い座敷が入ってね。日高様なのよ、すぐ行ってくれるかい？」

「座敷はどちらですか？」

「三木屋さんなの。頼んだよ。今、電話を入れておくからね」

「じゃ、行ってきます」

「気をつけるんだよ」

気心が知れている日高と聞いて、英子はホッとした。座敷に行くのが嫌だというわけではないが、やはり馴染みの客の方が好きであった。

座敷に行くと、もう宴会は始まっていて、外にまで賑やかな声が聞こえてくる。

「遅くなりまして、すみません」

「待ってたよ。こっち、こっち」

日高が自分の側に来るように手招きをする。客は三人。友人だけの小さな宴会で、ほかの二人は初めての客であった。

「紹介しよう。この子が巷《ちまた》で評判の英子さんだ」

「英子と申します。よろしくお願いいたします」

「これが同級生の長谷川。四日市で建設業をやっててねぇ、同級生の出世頭というところかな」

「こっちがうちの税理士の戸田さんだ」

「皆さん、ご立派ですこと」

「肩書で決めちゃいかんよ。男はハートが一番」

「女性だって同じですわ。ねぇ、長谷川さん？」

「そうだね。人間は優しい心、労《いたわ》りの心がなくなったら終わりだね。そして、自分のために怒り、人のために泣く」

「なかなかいい事を言うじゃないか。お前の熱弁を初めて聞いた気がするよ」

「俺はいつもこんなもんだ」

「またまた、無理をしてー。美人の前ではいつもこうだからなぁ」

「戸田ほどじゃないよ。こんな涼しい顔してて実はいるんだよ、これ」

と小指を立てた。

「女房は何も言わないのか？」

「もう、開き直ってるんじゃないのかな」

「一度や二度じゃないわけよ、なっ？」

「奥様は何もおっしゃらないんですか？」

「言わないね。そのうち、三行半《みくだりはん》を突きつけられたりして。その時は英子さん、よろしくお願いします」

「おいおい、矛先《ほこさき》を彼女に持っていくなよ。彼女は城崎のアイドルだからな。アイドルに手を出してはいかん」

「まぁ、アイドルだなんて。四十歳近いアイドルっているかしら？」

「英子さんは、まだ独身ですか？」

「ええ……」

「もったいないなぁ。こんな人が独りでいるなんて」

「英子さん、戸田だけは気をつけた方がいいよ」

「それはないだろう」

英子は徐々に気が晴れてきたようである。

「日高さん、どうぞ」

と酒を勧めた。

「どうだい？　家の住み心地は」

「お陰様で満足しています。いろいろとありがとうございました」

「この前、近くまで行ったんだ。寄ろうかと思ったんだが、やっぱり女性ひとりの部屋には行けないもんだね」

「寄ってくだされればよかったのに」

「そうはいかんよ。今度、誰か連れがいる時にでも寄らせてもらうから」

「日高は顔に似合わず、純情なんだ」

「口ほどではないんです。本当に紳士なんですよ」

「美人のお墨付きじゃないか、日高」

「俺はね、彼女の場合は遠くで見ているだけでいいんだよ。可愛いもんだろうが」

「自分で言うほど、あてにならないものはない。そうだよなぁ、戸田？」

「言えるね。英子さんも世の男には気をつけた方がいいよ」

「何だか、誰を信じたらいいのかわからなくなってきたわ」

「僕を信じていれば間違いない」

真面目な顔で戸田が口を出した。

「一番危ないのに言われてしまったなぁ」

英子にとって日高の座敷はとても安らげたが、時間が経つにつれ何故か心が重くなり、落ち着かなくなった。

日高の座敷が終わり、今夜の最後の仕事に向かった英子は、その途中で妙子の店に寄った。

店に入ると、妙子は歌を歌っていた。お世辞にも良い声とは言えないが、しんみりとした、何とも言えない情感が込もった歌い方である。英子はそんな妙子の邪魔にならないように、カウンターの隅で聞いている。

カウンター越しに泰子が、

「何か飲まれますか？」

と声をかけた。

「いいえ。これから、まだ仕事なんです」

「今日のママは何だか楽しそうでしょう？　何かあったのかしら？」

「ママには不幸が寄りつかないでしょ？　あのパワーですものね」

「今日の英子さんは一段と綺麗よ」

「まぁ、何も出ませんよ」

「素敵ですね、その着物」

「ありがとう。今日、初めて袖を通したの」

「彼に買ってもらったの？」

「そう見える？」

「見える。だって、高そうだもん」

「そうよ。彼に買ってもらったの」

英子はそう言った後、その言葉を何故か心の中で否定した。その時、妙子が歌い終わって側に来た。

「何、仕事じゃないの？」

「そうだけど、少し時間があったんで……でも、すぐ行かなくちゃ」

「呑気な人ね」

「悪いけど、これ、預かってくれない？　新井という人が来たら渡してほしいの」

「今日、来るの？」

「いつだかわからないわ」

「何よ、それ。どういう事？」

「お願い。何も聞かないで」

「わかったわ」

「座敷が終わってから、寄ってもいい？」

「まだ何となく心配だから、必ず来るのよ」

「約束する。必ず来るわ」

「これ以上、心配させないで。何度も言うようだけどしっかりしてよ」

英子は店を出ると、「頑張らなくちゃ」と自分に言い聞かせるように呟き、歩き出した。

次の座敷も馴染みの客であり、特に英子を気楽にさせたのは人数の多さであった。部長の転勤という事で、全社員総出の宴会である。客の人数が多ければ、それだけ芸者やコンパニオンの数も多くなる。気を抜くという気持ちはないが、英子には大変ありがたい座敷であった。

少し気分の晴れた今、座敷に入る姿は以前と変わりなく華やかである。部屋に入って、すぐ馴染みの客の前に座った。

「まぁ、村上さん、お久しぶり。お元気そうで」

「元気じゃないんだよ。九州に転勤になってね……」

「部長さんだけではないんですか?」

「四人だよ」

村上は吐き捨てるように言った。

「急に決まったんですか?」

「急といえば、急だなぁ」

「奥様はびっくりされたでしょうね」

「問題はそこなんだよ。『何ヶ月か前に話があってもいいはずよ。今、学校を替わるわけにはいかないわよ』と、もう毎日、針の筵《むしろ》にいるようだよ」

「大変ですわね」

「この景気だからね。どこも同じらしいよ」

その時、若い社員が酔っぱらって話に加わった。

「美人ですね。課長、紹介してくださいよ」

「この人はね、城崎で一番の売れっ子の芸者さんなんだよ。俺たちの手の届く人ではないわけよ。わかったら、向こうに可愛い子がいるじゃないか」

「課長、それはないですよ。狡《ずる》いですよ」

若い社員は渋々席を離れた。

「村上さん、可哀相よ。お相手してあげましょうよ」

「あいつ、酒癖が悪いんだよ。自分があまり飲める方じゃないから、酔っぱらいは苦手なんだ」

「でも、もっとお酔いになる方もいらっしゃるんですよ」

「君も大変だね。何事もほどほどが一番という事かね」

「そうですね。でも、それが一番難しい気がします」

「当たり前のようで、そうでもないんだよな」

「生きるって、難しいわ……」

「その若さ、その美貌で何を言ってるんだ。これからじゃないか」

自信のない自分がとても寂しく、今の英子にはこんな話は辛かった。

「すみません、ちょっと部長さんにご挨拶して参ります」

「あぁ、頼むよ」

一度しか会った事のない部長であったが、英子は何故かその顔を覚えていた。

「大西さん、お久しぶりです」

「やぁ、英子さん。久しぶりだね……何年になる？」

「もう、六年になります」

「さすがプロだね。よく覚えているなあ」

英子は気恥ずかしかった。思い出したくない辛い過去……アヤの父親は、この大西の部下であったのだ。

「その節は、いろいろとご迷惑をおかけいたしました」

「元気にしてたか？」

「ええ、お陰様で」

「六年前と全然変わらないね。君は相変わらず美しい」

「いいえ。もう三十七ですもの」

「そうか、早いものだね。いつだったか、『うらら』のママから聞いたよ。子供がいるんだってね。養育費は貰っているのか？」

「いいえ。私の勝手にしたことですもの、そんな……」

「ひとりの女性を不幸にした罰だよ……」

そう言って、大西は遠くを見つめた。

「罰？」

「あいつの女房が二年前に乳癌で亡くなってね」

「そうだったんですか……」

「去年の暮れだったかな、君に会いに行きたいなんて言い出してね。叱りつけてやったよ」

「……」

「あれから、連絡はないのか？」

「ありません」

「今、子供を抱えて苦労してるよ」

「可哀相に……」

「君は本当に優しい人だ。君を捨てた男だというのに、その言葉を聞かせてやりたいもんだよ」

「もう、昔の事はいいんです。今、幸せでいてほしかったわ……」

アヤがもう自分の子供ではない事を幸三に詫びているかのようでもある。自分の気持ちとしては、幸三を嫌いになったわけではない。新井を知らずにいたら、英子の心は動いたかもしれないが、新井を愛してしまった今の英子にとって幸三は、ただの一人の男性にすぎなかった。

「女の人の気持ちはわからないなぁ」

「それでいいんです。殿方に女の気持ちがわかったら、お互いに不幸になりそうな気がします」

「そういうもんかね……」

「はい」

英子の笑いには少し無理があった。

大西がこの席にいる事は予想はしていたものの、やはり幸三の話になるといくらかの動揺があった。一瞬、新井の事を忘れた英子であったが、座敷が終わるとまた落ち込んだ。


客を送り出したその足で妙子の店に行ったが、店にはまだ三人の客がいた。

「あら、英子。早かったわね」

「そうかしら」

客も一斉にこっちを見た。中年の客の目は英子の容貌に釘付けである。

「なによ、その締まりのない顔は。ここにも美人がいるでしょう」

「どこに？」

妙子が自分を指すと、皆は一斉に笑った。

「すごい美人。ママの友達？」

「そうよ。美人の友達がいてはおかしいかい」

「無い物ねだりというからなぁ」

「うちの客は可愛くないでしょ？」

「ママに合った客が来るわけよ、ね？」

「英子も一緒に飲もう。いいでしょ？　水野君」

「いいとも。こんな美人だったら、いつでもＯＫ。おいで」

「お言葉に甘えて、失礼します」

「英子、何を飲む？」

「お酒にしようかしら」

「強いの？」

「ええ、ほどほどに」

「この、ほどほどが怖いんだよね」

「英子はいくら飲んでも酔わないわよ。下手な男には勝ち目がないよ」

「俺も結構強い方だけど……いっちょ、やってみるか」

「座敷でもう飲んでいますから」

「俺も飲んでいるから五分五分だ。ママ、お酒持ってきて」

「ほんとにやる気なの？　英子、大丈夫？」

「私は大丈夫よ。今日は飲みたい気分だから」

「いや、負けそう」

この日の英子は、いくら飲んでも酔わなかった。妙子の心配をよそに二人の客がダウンした後も、一人の客と泰子と三人で楽しく話をしながら飲んでいる。泰子も酒には強い方だが途中で、

「もう、駄目」

と音《ね》を上げた。

そのうち、最後の客も、

「まいった」

と溜息をついた。

「だから言ったでしょう」

「まいりました。こんなに強い女性は初めてだよ……ママ、何時になる？」

「十二時十分よ。もう終わりにしましょうね」

「遅くまで悪かった。タクシーを呼んでくれないか」

「英子さんといったね。今度、座敷に行くよ」

「ありがとうございます。よろしくお願いいたします」

客が帰り、落ち着いた時には、もう一時を過ぎていた。

「どうする？　泊まっていく？」

「泊まっていこうかしら。ちょっと飲み過ぎたから」

「じゃ、そうしなさい」

二人は二階に上がったが、よほど疲れていたのかベッドに入るとひと言も口をきかず、すぐに眠ってしまった。


翌朝、妙子が目を覚ますと英子はすでに起きて朝食を用意していた。

「あら、早いじゃない。眠れなかったの？」

「よく寝たわ。一度目が覚めるともう眠れないのよ」

「あんなに飲んで、よくこんな時間に起きられるわね。同じ年とは思えないわ」

「気持ちの問題よ。妙子は心配事がないから呑気でいられるのよ」

「あんたは苦労を自分で作っているんだもんね」

「そうかもしれないわ」

「損な性分だね。あぁ、嫌だ」

「早く起きて。冷めちゃうわよ」

「こんな時のあんたは、ほんといい女なんだけどねぇ」

妙子は英子の事が心配で心配でならなかった。ぶつぶつ独り言を言いながら起きてきて、顔も洗わず食事をしようとする妙子を見て、英子は苦笑いをした。

「いつも、食事の後に顔を洗うの？」

「そうよ。ところで、今日は帰るの？」

「もちろん帰るわよ。お風呂にも入りたいし、着替えもしたいわ」

「あんまり考え込まない方がいいわよ。苦しくなるだけだから。彼の話をよく聞いて、それから考えればいい事だからね」

「わかったわ」

「彼が京都に行くって言ったら一緒に行けばいいのよ。ほんと、あんたのやる事は理解に苦しむわよ。今日、彼は来るの？」

「二、三日は来られないと言ってたわ。だから、今日は来るかもしれない」

「彼が来たら、迷わず飛び込んでいきなさいよ」

英子は黙っていた。おっとり型の英子は、テンポの早い妙子の話についていけない時がある。

食事が終わるとそれを片付け、二人は軽く部屋の掃除をした。

「ありがとう。よく考えてみるわ」

「考える、考えるって、全然、あんた自身は進歩してないじゃない。朝から文句言うつもりはないけど、ほんとに心配だよ」

「大丈夫よ。もう、心配はさせないわ」

「何度、同じ言葉を聞いたかなぁ……耳にタコができてるよ、ほら」

「意地悪ね」

「その着物、最高じゃない。昨日、お店に入って来た時にすぐ目についたわよ」

「この前、彼と京都に行った時に買っていただいたの」

「へぇ……大変なものよ、これは」

妙子はしきりに感心している。

「彼の友人のお家が西陣織をしてらして、そこに行って来たの。そして、そこのポスターのモデルになったりして……」

英子は恥ずかしそうに笑った。

「すごい。そのポスターができたら私にも一枚頂戴ね。お店に貼っておくから」

「恥ずかしいわよ、そんな事」

「そうやって、みんなが英子に関心を持ってくれるんだから頑張らなくちゃ駄目よ」

「ありがとう……それじゃ、帰ってする事もあるし、失礼するわ」

「今度の休みはどうするの？」

「何もなかったら来てもいい？」

「私は別に何もないけど……気晴らしにどこか行こうか？」

「いいわね」

「前の日に電話するわ。英子はどこに行きたい？」

「仕事は休めないし、そんなに遠くへは行けないわよ」

「豊岡海中公園に行こうか？　日本海を一日眺めていれば、何かいい考えも浮かんでくると思うから」

「行ってみたいわ」

英子はいつも妙子のテンポに嵌《はま》ってしまう。それを苦痛とも思わない自分は、心から妙子を信頼しているのであろう。そして、同じ年ではあるが、妙子もそんな英子を可愛く思い、いろいろ世話を焼いてきた。いつも妙子が口にする、腐れ縁というものである。


店を出ると、思ったより暖かい日であった。この近辺でも顔馴染みが多く、英子は時折、立ち話をしながら家路に着いた。

家に着くと、同じアパートの住人三人が階段の下で話をしていた。

「こんにちは」

「あら、今、お帰りですか？」

「ええ、ちょっと友人の家に行ってたもので」

しかし、何やら意味ありげな顔で英子を見た。いつもの事なので、あまり気にしてはいない。

一日空けただけなのに何故か他人の部屋に入るような、そんな変な気がした。そして、ひとりになると、どうしても新井の事が気になる英子である。

部屋の真ん中に小さなテーブルがある。そのテーブルの上に一通の手紙があった。新井が来た……英子は昨夜家を空けた事を後悔し、まだこの部屋のどこかに新井がいるような気がしてならなかった。この狭い部屋を見回してみたが、誰もいない……新井のタバコの吸い殻だけが灰皿に残っていた。

気を取り直して、手紙を読んだ。

「英子へ
三時まで待っていた。
妙子さんのお店だとは思ったけれど、二人の邪魔をしては悪いと思い……。
君にまだ話していない事もあるし、今夜また来るから必ずいてくれ。
新井　一」

短い手紙であったが、英子にとっては耐え難いものであった。風呂に入ってからも、何度も何度も読み返す。話していない事って、何だろう……英子はまた不安になった。

英子の決断

月曜日。英子と妙子の二人は、城崎マリンワールドに行った。チケットを買って、最初にダイバーとの交信を見物する。フロアの司会者を通してダイバーに質問したり、ボールを使った実験で水圧のすごさがわかるなど、海の不思議に驚くばかり。一階から三階までを貫く大水槽にダイバーが潜り、海の世界を案内してくれる。

「英子は泳げるの？」

「泳げるわよ。でも、海の底って怖いわねぇ」

「見てると簡単そうだけど」

「私もダイビングしたくて、ダイビングスクールに通った事があるの。でもね、みんなについていけなかったわ。ここの空気を抜くのが簡単そうで、実は大変だった」

と鼻を押さえた。

「妙子は泳げるの？」

「泳げない」

「そうだったの」

話をしているところへペンギンが歩いて来た。

「ほら見て、英子」

「まぁ、可愛いペンギン」

「あら、階段も上ってるわよ。英子みたいなペンギンもいるよ」

急な階段もジャンプして上ったり、のんびり歩いていて遅れたり、気の向くまま違う方向へ行ってしまったり、人間と同じくペンギンにも個性があるようだ。

その後、二人はフィッシングに挑戦した。自然の海水を引き込んだ釣り場では、アジを釣る事ができた。

「こんなところでアジが釣れるのねぇ」

「英子、あんまりのんびりしていると逃げられてしまうよ」

「大丈夫よ。たくさんいるもの」

「あっ、釣れた、釣れた」

「わぁ、私も。どうやって針をはずしたらいいの？」

英子は近くにいた係の男性に助けを求め、自分の釣ったアジを繁々《しげしげ》と眺めていた。

間もなくして、また、妙子が釣った。

「おもしろいわねぇ」

満足するまで楽しんだ二人は、その釣ったアジを『アジバー』へ持って行き、揚げてもらった。そして、熱々の天ぷらを肴にビールを飲んだ。

「来てよかったでしょう？」

「こんなに楽しいの初めてよ」

「もっと大勢でワイワイ騒ぐのもまた、楽しいものよ」


釣りを楽しんだ後、二人はビッグロックに向かった。今にも崩れ落ちそうな岩、ゴーゴーとうなる風、霧に煙る滝……英子は怖くなった。

「大丈夫よ。岩山には平らな道もあるし、ロープがあるくらいだから」

「でも、怖いわ」

「雄大な海の景色を眺められるのよ」

「妙子だけ行ってきて」

「ほんとに意気地がないんだから、英子は」

妙子は途中で引き返して来た。

「行かないの？」

「一人で行ってもおもしろくないわよ。二人でキャーキャー騒ぎながら行くのが楽しいのよ」

英子はどうしても行くのが嫌だった。


この後、シーランドスタジアムに寄り、遊覧船『マリンビュー』に乗る事にした。日和山海岸のダイナミックな景色を眺めるためだ。

「城崎も捨てたもんじゃないわねぇ。見てよ、この景色。最高じゃない」

妙子が景色に酔いしれている時、英子は深く何かを考えているようであった。

「英子、英子」

「な、何？」

「何を考えているのよ」

「別に何も……」

「何か思い出していたの？」

「ちょっとね」

「彼と来た事があるんでしょ？　思い出してるの？」

「妙子はどうして私の心の中がわかるの？」

「何年付き合ってると思うのよ。あんたの顔色ひとつで何でもわかるわよ」

「怖い人だこと」

「怖いでしょう。だから、私には嘘をつけないのよ、わかった？」

「まぁ、怖い」

「この景色って絵になるね。そう思わない？」

「素敵だわ。こんな所で美しいまま死にたいわ……」

「あんた、何を考えてるの？　馬鹿な事を言わないでよ」

「たとえばの話だわ」

「こんな時にたとえがよくないわよ」

「ごめんね」

「英子はうわべは派手に見えるけど、中身は純情で一途なんだね。今は彼の事だけしか頭にないんだよね。私もそんな恋がしてみたいけど、人生に冷めているというかドライというか、英子のような可愛いさがないのよね、私には……」

「そんな事はないわよ。妙子はしっかりしてるのよ」

「私のような女は男から見たら、無難、この一言よ。私の旦那がこんな事を言ってたわ。君を選んだのは美人とかしっかりしてるという理由からではないって」

「どういう事なの?」

「ごく普通で平凡だから、気が休まるんだって言ってた」

妙子は女は美しいだけではない、という事を言おうとしたが、英子を傷つけるようで口にできなかった。

「今日は、よく歩いたわねぇ」

「でも、楽しかったわ。久しぶりよ、こんなにおいしい海の空気を吸ったのは」

「じゃ、これから豊岡海中公園に行くとするか」

「これからじゃ、帰りが遅くならないかしら?」

「あまり遅くなってもねぇ……やっぱり一日では時間が足りないね。豊岡の玄武洞公園にも行きたいし」

「また次の機会という事にしない？」

「ここにはね、世界中の珍しい化石や鉱石がいっぱいの『玄武洞ミュージアム』があるのよ、すごいよー。それと、コウノトリの郷公園。特別天然記念物のコウノトリを自然に返す試みをしてるの。綺麗だわよ」

「いつも思うけど、妙子は健康的でいいわ」

「私は誰かさんのようにくよくよ考えないもの。成りゆき任せよ。逆らうからおかしくなるのよ」

「私と妙子は根本的に考え方が違うのね」

「そういう事。そろそろお腹も空いてきたし、シーランドレストランで早めの夕食でもとって帰ろうか」

「行った事があるの？」

「もちろんよ。あんたは城崎にいても何も知らないんだから。もう少し外へ出て、世間を知った方がいいんじゃないの？　人間は美味《おい》しい物を食べれば心が豊かになるし、何も外国じゃなくても旅行をたくさんすれば、それだけ知識も増えるんだから」

「妙子、ここでしょ？」

「ここはね、海の食べ物が最高なの。ほら見てごらん。書いてあるでしょ。『海藻のコリコリ感と磯の香りが癖になる〝あらめうどん〟や手でこねる〝海ごはん〟などシーランドのオリジナルメニューには新鮮な海の幸がたっぷり』、これよ、海の揚げ物も美味しいわよ」

「私にはわからないから、妙子に任せるわ」

「じゃ、私の好みで頼むわよ」

注文し終わると、英子は新井の手紙の事を話した。

「この前、妙子の店に行ったでしょう？　あの日に彼が部屋に来たのよ。会えなかったけど、手紙があったわ」

「何て書いてあったの？」

「三時まで待ってた。妙子さんのお店だろうと思ったけど、二人の邪魔をしたくなかったからって」

「それだけ？」

「まだ話してない事があるから、明日は必ず部屋にいてくれ。そう書いてあったわ。でも、電話が来て、仕事の引き継ぎとかでどうしても行けないからって」

「そうよ。大きな病院なんだから、そう簡単にはいかないわよ。それぐらいわかってあげないと。会えないから落ち込んでいるの？」

「……」

「それぐらいわかってあげないと可哀相よ。どうしてそんな細かい事で落ち込むのよ。彼を信じていない証拠じゃない。それでは彼が可哀相だわ」

興奮気味に話す妙子を見て、ウエートレスは注文の品をそっとテーブルに置いていった。

「もう、話は終わり。食べよう」

英子の様子に業を煮やしたのか、妙子が黙々と食べ始め、英子もつられて箸をつける。

「ここの海の揚げ物、結構いけるでしょ？」

「私はどちらかと言えば、揚げ物よりもさっぱりとしたあらめうどんを頂くわ」

「あんたはそんな物ばっかり食べてるから元気がないのよ。もっとバクバク何でも食べて、動いて、笑って、これが健康の秘訣よ」

「わかっているわよ。わかっているけど……」

「私が男なら、英子とは結婚しようとは思わないな」

「どうして？」

「たしかに綺麗だよ。誰が見たって綺麗だと思う。でも、結婚となったら別なのよ。男って結構、意気地がないもんだから、あんまり美人でも、あんまりしっかりしてても怖くなるんじゃないかな。男じゃないからよくわからないけど、私はそう思う」

「……」

「新井さんは医者だし、自分にも自信があるから英子を求めているんだと思うよ。そんな彼を悲しませては駄目よ。英子も自分に自信があって彼を信じられるのなら、何も考えないで素直になんなさいよ」

「彼の院長という立場を思うから悩んでいるのよ」

「でも、彼は京都に行ってもいいって言ってるんでしょ。それなら問題はないじゃない」

「大体、私なりの考えは纏《まと》まっているんだから、もう言わないで」

「それならいいけど。今は、自分の事だけ考えればいいのよ」

「ええ……」

英子は力のない返事をした。

「英子、そろそろ帰ろうか？」

「ホテルの前を通ってバス停の方へ行きましょう」

「バスで帰るの？」

「その前にタクシー乗り場があったでしょ」

二人はまた、話しながら歩き出した。


道なりにまっすぐ歩き、チケット売り場をさらに進むとバス停が見えた。その左手に一台のタクシーが止まっていた。

「タクシーがいるわ」

安心した二人はのんびりと歩いて行ったが、あっと言う間に観光客らしいカップルがそのタクシーに乗ってしまった。

「今度はいつ来るのかしら？」

「少し待っていれば来るでしょう」

売店のすぐ下に日和山海岸が一望できる。

「妙子、あの岩の上の建物は何かしら？」

「さぁ？　竜宮城みたいで素敵ね。でも、何かしらね？　あとで運転手さんに聞いてみようよ」

「この下は浜辺になってるの？」

「下りた事はないけど、そうじゃないの」

と下を覗き込んだ。

「下りてみたいわ」

「何を言ってんのよ。それより、海をバックに撮ってあげるからそこに立って」

英子は柵の前でポーズをとった。

「どこから撮っても、英子は絵になるねぇ」

妙子は美しい英子の姿にピントを合わせ、何回もシャッターを押した。

「今度は私が撮ってあげるわ」

「いいの、いいの。写真は正直だから、この顔を撮っても仕方がないよ」

「そんな事はないわよ。早く、あっちに行って」

「いいって。撮られるのあんまり好きじゃないから」

「そうなの？　ほんとにいいの？」

「うん」

「タクシー遅いわね」

「案内所に行って頼んで来た方がいいのかなぁ」

「私が頼んでくるわ」

「あんたはここにいて。私が行って来るから」

そう言うと、妙子は案内所の方へ走って行った。中に入ったが、すぐに戻って来た。

「頼んできたわ。でも十五分かかるって」

「街のタクシー会社なのね、きっと」

二人が海を眺めていると、クルーザーが前を通り過ぎようとした。

「これに乗って、日和山海岸のダイナミックな景色が見たかったなぁ……」

「私は船に酔うのよ」

「でも、二十分くらいだから大丈夫よ……英子、あれ、タクシーじゃない？」

少し疲れを感じていた二人は、タクシーに乗った途端、ふうっと息を吐いた。

「よく歩いたわねぇ」

「これからどうする？」

「別に用事はないけど、お客さんに電話してどこか飲みに行くかもしれないなぁ。英子も行く？」

「私は家にいるわ。彼が来るかもしれないから」

「はい、はい」

よほど疲れたのであろう、行き先を告げると二人ともそのまま眠ってしまった。

愛すればこそ

妙子と楽しい一日を過ごしたその夜、新井から電話が来た。

「これから行ってもいいかな？」

「お待ちしてるわ」

「じゃ、すぐに行く」

電話を切った後、英子はいつものような浮き浮きした気持ちにはなれなかった。私は貴方だけを待っているのよ、鍵も渡してあるのに……新井の言葉が何となく他人行儀に思えて寂しくなった。

そして数十分後、新井が現れ、英子を見ると何も言わず強く抱きしめた。新井に会ってしまうと、この愛に負けてしまいそうになる自分が本当に弱い女であると実感する。

「僕の方は整理がついた。来月早々に京都に行こう。いいね。まだ三週間あるけど、君もそのつもりでいてくれ」

「……」

「小林院長もいつ来るんだってうるさくてね。ファイト満々だよ。あぁ、やっと二人の生活が始まるなぁ」

嬉しそうに話す新井を見ていると、英子の胸は苦しくなるばかりであった。嫌いでこの人から離れるのではない。この気持ちをわかってくれるだろうか。自然に涙が込み上げてきた。何もかも捨てて、いっそこの人について行こうと思った事もある。しかし、自分のために新井を苦しめる事がとても辛かった。自分さえいなければ、新井は院長でいられる。その事だけを考える英子である。

「話してなかった事って何ですか?」

「あぁ、病院の事だったんだ。でも、もういい」

「よくないわ。お話して……」

「おふくろは、新井病院を立て直すために頭取の娘と結婚させようとした。それを僕が拒んだ事から話がややこしくなって、一時は死ぬの生きるのと大騒ぎになってね」

「お母様が？」

「いや、玲子だよ」

「そんな事が……」

「経営不振だからといって、好きでもない女と結婚する事なんかできないよ」

「でも、病院の方はよろしいんですの？」

「何とかなるだろう」

肯定も否定もしない新井の言葉が気になった。話をしていくうちに、英子の心は次第に固まってきた。この人をこれ以上苦しめてはいけない、そう思った英子は自分の気持ちを話す事にした。その事で、新井が自分から去って行くのならばそれでもいいと思っていた。

「私、貴方を騙していたのよ」

「何？」

もう後には引けない、そんな気持ちになった英子はかえって気が楽になったのか、表情が少し穏やかになった。

「何を聞いても驚かないでね」

「大丈夫だよ。話してごらん」

「実は、アヤは私の子供なの」

「嘘だろう？　だって、君をお姉ちゃんと呼んでたじゃないか」

新井は驚きもせず、半信半疑の様子だった。

「嘘だろう？　嘘だと言ってくれよ」

「本当なの。この私が産んだ子なの。騙していてごめんなさい」

新井はしばらく黙っていた。そして、ぽつりと、

「信じられないよ」

そう言って、タバコに火をつけた。

「生まれてずっと、姉に面倒を見てもらっていたの。一年経ち二年経ちしていくうちに、姉を母親だと思うようになったのね」

英子は涙声になっていた。

「姉に子供がいなかったので、前からアヤを養女にという話が出ていたんです。でも、どうしてもその気になれなかったんです。アヤが入院する事になった後、必死に看病してくれている姉の姿を見たり、『ママ、あれ取って』『ママ、テレビつけて』『ママ、お腹が空いた』なんて言ってるのを聞いたりして、やっぱり姉の希望を叶えてあげようと決心したんです」

「しかし、自分の子供を手放すという決心は大変なものだと思うよ」

「辛かったわ。でも、こんな仕事をしている私よりも姉といる方がアヤのためだと思って、そう決めたんです。病院で貴方に会った時、正直いってアヤが私の事を『ママ』って言ったらどうしよう……そう思いました。あの頃の私は、恥ずかしい事ですが、アヤの事より貴方の事で頭がいっぱいでした。今思うと、母親として恥ずかしいわ」

新井はタバコを吸いながら、英子の話を聞いていた。

「私は女として最低よ。子供の事より男性に夢中になって。貴方に会った時から私は駄目になってしまったの。アヤの事も目に入らなくなってしまって、あの時から私……」

英子はテーブルに顔を伏せて泣き出した。

「もういいよ。もう話さなくていい。何も君が悪いんじゃないよ。でも、アヤちゃんが君の子供だと知っていれば、僕たち二人の子供としてこれから一緒に生活ができたのに。何故、もっと早く言ってくれなかったんだ……悔しいよ。君に子供がいたっていいじゃないか。アヤちゃんが君の子供だと知ったら、僕の君への愛情が薄らぐとでも思ったの？」

「……」

「馬鹿だなぁ、こんな話を聞いても何とも思っていないよ。君が望むなら、僕からお姉さんに話そうか？」

「いけないわ、それだけはやめて。姉は今、幸せの絶頂にいるんですもの」

「君はそれでもいいのか？」

「貴方を不幸にして、そのうえ、姉までも不幸にできないわ」

「どうして僕が不幸だなんて思うの？　僕は君と一緒になれると思っただけで、それだけで毎日が幸せなんだ。今まで、君ほどの女性に会った事もないし、君は僕にとって最高の妻だよ。君が側にいてくれさえすれば、それでいい。絶対に苦労はさせない自信もあるし、君を泣かせたりはしない。僕のどこが嫌なんだ？」

「そんな事を言わないで。貴方への愛はこれからも変わらないわ」

「何故、何故なんだ……」

新井は傍《かたわ》らで俯《うつむ》いている英子の顔を両手で優しく包むと、その顔を上に向かせた。

「そんな事よりも二人だけの事を考えよう。もう夫婦なんだよ。希望を持って生きていこうよ」

再び、新井は英子を強く抱きしめた。暖かい腕の中で一瞬の幸せを感じる英子である。新井は本当に優しく、逞しく非の打ちどころがない素晴らしい医者である。それ故に、英子の決意は固かった。

「これ以上、私を苦しめないで」

「言っている事がわからないよ」

新井は英子の心がわからなかった。

男にはこんな女の心の底までは理解できないだろう。本当に優しい青年である。優しすぎる。新井のこんな優しさが余計に英子を苦しくさせるのである。

「明日はどうなさるの？」

「京都に行って来る。今夜はもう、何も考えずにゆっくり休もう」

「そうね、そうしましょう」

素直に新井の言葉に従ったが、英子はこの夜を最後と決めていた。新井を知って、英子の身体は急速に目覚めた。そして、敏感になっている自分をよく知っていた英子は、そんな自分を隠そうともせず、自分が自分でないような、不思議な夜を過ごした。

英子が目を覚ました時、新井はまだ眠っていた。起こさないようにベッドから離れ、リビングで着替えを済ませた英子は朝食の準備を始めようとしたが、八時に出かけるはずの新井が起きて来ない。英子はそっと様子を見に行った。

「一さん、もう七時四十分ですよ。八時にお出かけなんでしょう？」

「もう、そんな時間？」

新井は眠そうに目を擦《こす》った。

慌ただしく朝食をすませると、

「三日で戻れると思うけど、はっきり言えないから帰る前に電話する」

そう言って、出かけて行った。

新井が出かけた後、姉に電話をした。

「姉さん、私。お久しぶり」

「何だか元気がないわね」

「早く目が覚めて、もう眠れそうにないの。これから行ってもいいかしら？」

「何を言ってるの。いつでも来ればいいじゃない。どうしたの？」

「別に……アヤは元気？」

「元気よ。もう毎日、幼稚園に行ってるわよ」

「大丈夫なの？　その後は？」

「大丈夫よ。電話で話してるよりも出ておいで。三時にはアヤも帰って来るわ」

「それじゃ、これから行きます」

「気をつけてね」

着物や帯、小物を持って、久しぶりに姉の家に行く事にした。

湯島通りを歩いて行くと、神社の庭で薬局の女将が友人と話をしていた。

「お母さん」

英子が声をかけると、女将はいつもの笑顔で、

「ちょっとおいで」

と手招きをした。

「お母さんはいつも元気そうでいいわねぇ」

そう言って、女将の友人に、

「おはようございます。英子です」

と軽く挨拶をした。

「時々お目にかかるけど、近くで見るとまた綺麗だわぁ」

「英子さんほど美人だったら、私の人生も少しは変わっていたかもしれないね」

「まぁ。それではお母さん、姉が待っていますから失礼します」

「そうかい」

女将は英子の側に寄って来た。

「あんた、少し痩せたんじゃないの？」

「そうかしら?」

「顔も何だか疲れてそうだけど、身体でも悪いのかい?」

「寝不足が続いたせいでしょう。きっと」

「仕事もいいけど、ほどほどにしないと。身体を壊したらお終《しま》いだよ」

「ありがとうございます。気をつけるわ」

「その後、彼とは会ってるの?」

「……」

英子は何も言わず、

「お母さん、また来ますね」

精一杯の笑顔であったが、女将は不安になった。

「何かあったら、いつでも来るんだよ」

英子は振り返り、深く頭を下げて立ち去った。

この日は何故か、いつもより多くの知人に出会った。今、やつれた英子にとって、知人に会う事は辛く、急ぎ足で姉の家に向かっていたその時、目の前に新井の婚約者だった玲子が立ちはだかった。言葉もなくじっと英子を見るその目は、恐ろしいほどに光っている。

「彼は今、どこにいるの?」

「私は存じません」

「知らないわけないでしょう?」

「知りません。急いでいるので失礼します」

「待ってよ。あなたは彼の人生をめちゃめちゃにする気なの？　それと私の人生も」

「そんなつもりはないわ」

「だって、彼はあなたに騙されているじゃない。あなたには子供がいるんでしょ。ちゃんとわかっているのよ」

「……」

「彼は家族から見放されてしまうわよ、あなたのために。それでも平気なの？」

「……」

「何とか言ったらどうなのよ。その顔で何人の男を泣かせてきたのかしら。少し綺麗だからと思って、みんなが自分の味方だと思ったら大間違いだわ」

「言いたい事はそれだけ？」

英子のあまりの冷静さに、玲子はさらに感情的になった。

「絶対にあなたなんかに彼を渡さないから」

「私の事なら大丈夫よ。もう、彼には会わないわ。だから、お幸せになって。それでは失礼します」

玲子は返す言葉もなく、黙って英子の後ろ姿を見送るだけであった。

冷静だったわけではない。自分の気持ちを殺していた英子は、姉の家に着くなり目眩《めまい》がして倒れ込んでしまった。

「英子、英子、どうしたの？　しっかりしてよ。いま布団を敷いてくるから、ちょっと待ってて」

洋子は慌てて奥の部屋に行き大急ぎで布団を敷くと、再び玄関先に戻った。英子は起き上がっていたものの目をつぶり苦しそうにしている。

「どうしたのよ、英子。こんなにやつれてしまって……何があったの？」

英子は喋る元気もない。静かに英子を寝かせるとしばらくその顔を見ていたが、洋子は先ほど訪ねてきた玲子の言葉を思い出し、青い顔をして寝ている英子が無性に可哀相になってきた。同じ姉妹でも全然性格の違う姉は、どちらかというと妙子タイプの女であり、静かでおとなしい英子を見ていると心配で仕方がないのである。

洋子は置屋に電話をした。

「もしもし、英子の姉ですが、女将さんいらっしゃいますか？」

「ちょっとお待ちください」

「はい。英子さんがどうかしたんですか？」

「私の家で倒れてしまったんです。今、静かに寝かせてはいるのですが……」

「最近、少し元気がないようでしたので心配はしていたのですが、何か心当たりでも？」

「疲れでしょうか。まだ、時間がありますので五時頃まで様子を見てみます。どうしても無理だと思いましたら、またお電話を差し上げますので、その時にはよろしくお願いいたします」

「無理をしないように言ってくださいね。こちらは何とかしますから」

「ありがとうございます」

「それではお大事に」

電話を切るとすぐに英子の寝ている部屋に行った。

「駄目よ、寝てないと」

「大丈夫だから」

と言いながらも元気のない英子である。

「どうしたのよ」

「……」

「もしかしたら、途中で玲子さんという人に会ったんじゃないの？　ここにも来たわよ」

「何か言ってた？」

「いろいろ言ってたわ。でも、どうなってるの？」

「もう、いいのよ」

「英子はどうしてそうなの？　本当にその人が好きなら、どうしてもっと強くなれないの？　アヤの時だってそうだったじゃない。すぐ身を引くんだから。あんたの優しい気持ちが悪いって言ってるんじゃないの。強くなってほしいのよ」

「姉さんの言っている事はわかるわ。でも、私と一緒になる事で彼は病院を辞めなければならないのよ。院長ばかりが医者じゃないって言ってくれたわ。でも、彼には立派な新井病院の院長であってほしいの。だから私……」

それ以上の言葉は出なかった。

「それじゃ、諦めるの？」

「そのつもり……」

「でも、相手があの人ではどうかしらね。すごいのよ。『あなたは英子さんのお姉さんでしょう？　英子さんに子供がいるって本当なんですか？　私は何でも知っているんですから』って。話しに来たんだったら、もっと穏やかに話せばいいと思ったわ」

「悪かったわね」

「いいのよ。あんな人に何を言っても駄目だと思ったから、適当に返事をして帰ってもらったわ」

「柳湯の前で会ったの。私、彼にはもう会いませんと言ったわ」

「ほんとに会わないつもりなの？」

「ほんとよ。もう、誰も傷つけたくないもの。私のために多くの人が傷つくのよ。それがとても辛いわ。傷つくのは、私一人でたくさんよ」

「自分で決めた事なら私は何とも言えないけど、よく考えるのよ」

「心配ばかりさせて、すみません」

「英子のそんな姿は見たくないわ。決めた事なら、姉さん何も言わないから。早く立ち直ってね」

「ありがとう」

「電話をしておいたから、今日は座敷を休んだら？」

「少し休んでいれば大丈夫よ」

「駄目よ。女将さんだって心配しているのに。そんな顔で座敷に出るつもりなの？」

「そんなに酷《ひど》いかしら？」

「鏡を見てごらん。やつれてしまって……今日は何も言わないで、ゆっくり休んでちょうだい、いいわね。お昼はお粥でも作ってあげようか？」

「すみません」

話している間にも客が来たり、電話が鳴ったりで忙しくしている洋子を見ると、自分が厄介者のように思えてきた。感情を表に出せない英子は、姉にも本当の気持ちを言えないでいる。

考えも纏《まと》まらず、物思いに耽《ふけ》っている時、

「ただいまぁ」

とアヤの声がした。

「まま、きょうはこれを作ったの。アヤがつくったんだよ」

「上手にできたわねぇ。奥にお姉ちゃんがいるから見せてあげて。きっとびっくりするわよ。でも、静かにね。お姉ちゃんは病気だから。わかった？」

「はーい」

アヤは静かに英子のいる部屋に入って来た。

「おねえちゃん、どうしたの？」

「お仕事が忙しくて、ちょっと疲れただけなの。すぐに良くなるわよ」

「これ、きょう、アヤがつくったの」

英子の掌《てのひら》に自分で作った折り紙をのせた。

「金魚でしょう？　これ」

「うん」

「お姉ちゃんにも教えてちょうだい」

「いいよ」

アヤは得意気にその作り方を教えた。

そして、おやつをすませると、アヤは友達の家に遊びに行き、洋子はまた店に出た。

一人になった英子は、床の中でいろんな事を考える。自分が身を引いたら、新井はあの人と結婚する気になるのではないか。やはり、自分はこの城崎にいない方がみんなが幸せになれる……そう思うようになった。

この日、英子はいろいろな人に手紙を書いた。そして、書いた手紙をこの部屋の自分の机にしまい込んだ。


洋子がアヤを迎えに行っている間、少し眠った英子は、

「おねえちゃん」

というアヤの声で目を覚ました。

しばらくアヤと遊び、夕食も終え一段落した時、

「ごめんください」

と男性の声がした。閉店後の来客はほとんどないので洋子は、

「誰だろう……」

独り言ともつかない言葉をもらしつつ部屋を出た。

「どちら様でしょうか？」

「新井と申しますが、英子さんはこちらにいらっしゃいますでしょうか？」

「ちょっとお待ちください」

洋子は慌てて部屋に来た。

「英子、英子、新井さんよ。どうするの？」

「……」

「とりあえず、入ってもらうよ」

洋子はまた飛んで行った。

「どうぞ、奥で寝ていますから」

「どうされたんですか？」

「さぁ」

部屋に入った新井は、やつれた英子を見て驚いたようだった。黙っている英子に代わり、洋子が口を開いた。

「今日、ここへ来るなり倒れたんです」

「何も考えないでと言ったのに……」

「英子はそのつもりでも、あんなふうに言って来られたら誰だって考え込みますよ。人の事はあまり言いたくありませんが酷《ひど》すぎます。あれでは英子が可哀相ですよ」

「誰か来たんでしょうか？　おふくろですか？」

「玲子さんという方が見えたんです」

「どうも、申し訳ありません。何か失礼な事でも？」

「怖かったですよ。『あなた、英子さんのお姉さんでしょう？　新井の婚約者の玲子ですが、私を不幸にした人間は、皆、不幸になるのよ。これだけは覚えておく事ね』とか一方的に話して帰られましたが……何だか英子には、『彼は絶対に渡さない』と言ったそうですが……」

「僕の気持ちは絶対に変わらない。だから、人に惑わされないでくれ。今は両方の病院の事で少し忙しいが来週には落ち着くから、それまで辛抱してくれ。わかったね」

「英子、ここまで言ってくださってるのに何か言ってあげれば……」

そう言うと、洋子は気を利かせて奥の部屋へ行った。

「部屋に電話をしたが君がいなかったから、座敷に行こうと思って置屋に電話したんだ。そうしたら、お姉さんの家で君が倒れたというじゃないか。びっくりしたよ」

「心配をかけてごめんなさい」

「いいんだ。顔を見て安心したよ」

「私の事なら心配ないわ。お仕事の事だけを考えて」

「君が元気になってくれないと僕も元気が出ないよ。少し痩《や》せたんじゃないか？」

「ええ……」

「元気を出してくれ。玲子には二度と馬鹿な事をしないように言っておくから。いいね。その調子だとまだ家に帰らない方がいい。ここでゆっくり休んでいなさい」

「そうします」

「最近、電話が来ないから心配していたんだ。家に帰れるようになったら、必ず電話をしてくれるね。待ってるよ」

英子は頷いた。

そして、洋子を呼ぶと新井は、

「よろしくお願いします」

と丁重に頭を下げて帰って行った。

「優しい人じゃないの。あんなにあんたの事を思ってくれているのに」

「だから、だから私……」

新井の事を思うと涙しか出ない英子である。

洋子は、今の英子には何を話しても無駄なような気がしてきた。

「どうなの？　調子は」

「随分と良くなったわ。今日は無理だけど、明日からまた仕事をするわ」

「顔色も良くなったし、食欲も出てきたからもう大丈夫みたいね」

「明日の朝、家に帰るわ」

「そうしなさい。でも、無理しちゃ駄目よ」

ひと晩、姉の家で過ごした英子は、翌朝、家に戻った。

以前の英子ならば、カーテンを開け、広々とした海を眺めていると胸いっぱいに新井との夢が広がり、自分の幸せを感じ取っていたはずである。しかし、今日の英子の目には、その海の寂しさと悲しさだけしか映らない。かえって、この雄大さが英子を悲しくさせた。

そして、昼まで身体を休めた後、置屋に顔を出した。置屋に行くと、今まで仕事を休んだ事のない英子を心配してみんなが集まって来る。

「ご心配をおかけしまして、すみませんでした」

「英子さん、どうしたの？　心配したわ」

「倒れたんだって？　もう、大丈夫なの？」

「ちょっと目眩がしただけだから」

「でも、顔色が悪いわよ。あなたの分まで私たちが頑張るから、無理しないでね」

「ありがとう」

「少し痩せたんじゃないの？」

「ええ……女将さんいらっしゃいます？」

「呼んでこようか？」

「いえ。少しお話があるので行ってきます」

英子は女将の部屋に行った。

「失礼します。英子です」

「お入り」

「女将さん、昨日は、申し訳ございませんでした」

「もう、大丈夫なのかい？」

「随分、良くなりました」

「でも、二、三日休んだ方がよさそうだね。その顔色じゃ、座敷には出られないだろう」

「すみません」

「いったい何があったんだい。みんなは座敷に行っていて知らないけど、女の人が訪ねて来たりして……」

「ご迷惑をおかけして、すみません」

「そんな事は何でもないんだ。それよりあんたの方が心配よ。何なの？　あの人は」

「若い方ですか？」

「そうねぇ、二十七か八ぐらいかなぁ」

「……」

英子はすぐに、それが玲子であるとわかった。英子は城崎のみんなが自分の事を知っているようで、まるで四面楚歌《しめんそか》にあったような、そんな錯覚に陥った。

「女将さん、私、二、三日お休みを頂いてもよろしいでしょうか？」

「いいとも。今まで頑張ってくれたご褒美だよ。ゆっくりお休み」

「ありがとうございます」

「悩みがあるんだったら話してごらん」

「もう、いいんです」

「あっちの話を聞くと、どうも三角関係のようだけど……そうなんでしょう？」

「ほんとに、もういいんです」

「それならいいけど……もし、何かあったら相談に来るんだよ。一人で悩んでいるとろくな事は考えないからね」

「ありがとうございます。それでは、失礼いたします」


家に帰った英子は、何を思ったか旅仕度を始めた。そしてすぐ、タクシー会社に電話をして運転手の井上を呼び出した。あいにく、そこには井上はいなかったが、無線で連絡を取ってくれた。

「お待たせいたしました。十分ぐらいかかると思いますが、よろしいでしょうか？」

「はい、お願いいたします。井上さんには、『英子』と言ってくだされればわかりますから」

「わかりました。毎度、ありがとうございます」

新井に買ってもらった着物に着替えて、タクシーを待った。その間、英子はソファで目をつむり、いろいろな事を考えていたが、その閉じた目からいく筋もの涙が頬を伝い、零れ落ちた。

時間通りにタクシーが来た。

「久しぶりですね、英子さん。お元気でしたか？」

「お陰様で……」

「今日はどちらへ？」

「久美浜湾の方へ行ってもらいたいのですが……」

「お休みですか？」

「三日間お休みを取ったので、ちょっと……」

「久美浜はどちらへ行かれるんですか？」

「河内までお願いします」

英子は、新井との思い出を辿る旅に出た。

タクシーの中ではひと言も喋らず、かといって寝ているわけでもなく、景色を見るわけでもなく、ただぼんやりと外を見ていた。井上はそんな英子を時折、心配そうにバックミラー越しに見ていた。

城崎から飯谷峠を越したところで、英子は井上に声をかけた。

「あの、すみませんが、三原峠を過ぎましたらかぶと山公園に行ってもらえますか？　五分でいいんですが……」

「結構ですよ」

かぶと山公園は、新井と初めてデートをした場所である。

公園に着くと、英子はすぐ戻って来ると言い、タクシーを降りて湾の方に歩いて行った。いつもと違う英子を見て、井上はすぐ妙子に電話をした。

「もしもし、ママですか？　井上ですが、こんな時間にすみません。ちょっと気になったものですから。

英子さんが久美浜湾に行かれるというので乗せて来ているんですが、様子が変なんですよ」

「一人なの？」

「はい、お一人です」

「今、どこにいるの？」

「かぶと山公園なんですが、久美浜湾に着いたら英子さんを一人にしていていいものかどうかと思いまして……」

「泊まる所とか、いつ帰るとか、何しに来たのか、そういう事を聞いてくださいますか？　最近、少し変なんですよ」

「やつれているし、元気はないし、少し心配ですねぇ。あっ、見えましたから切りますね。それでは後ほど」

英子はどこから摘んで来たのか、真っ白い野薔薇《ばら》を手に持っていた。

「遅くなって、すみません」

「もう、よろしいんですか」

「はい。これを摘んできたかったんです」

「綺麗ですね。野薔薇ですか？」

「綺麗でしょう」

この白い野薔薇は、以前、新井が英子の髪に挿してくれた思い出の花である。

「お時間を取らせてごめんなさい」

「いえいえ。久美浜ＣＣから河内でよろしいんですよね？」

「はい」

「今日はどこにお泊まりですか？」

「まだ、決めてないんです。久美浜湾を見て帰ろうかとも思っているんですが……」

「そうされるんでしたら、お付き合いいたしますよ」

「ありがとうございます」

「おひとりなんですから、帰られた方がいいんじゃないですか？」

井上は英子の事が心配で、何とかして城崎に連れて帰りたかった。

日本海に近づくにつれて陽は暮れていき、暮れるにしたがって、英子の気持ちは少しずつ変わっていく。

久美浜湾に着いて、英子はひとりで日本海を眺めた。しかし、ひとりで見る日本海と新井と一緒に見た日本海とでは全然景色が違って見える。湊宮から日本海を眺めていると、自然に身体が引き込まれそうになった。一瞬、英子は身震いをした。暗くなるまでここにいる勇気はなく、やはり、英子はあの日和山海岸の景色を忘れる事ができなかった。

「井上さん、今から城崎に帰るとしたら何時頃になりますか？」

「十一時頃には着くでしょう」

「私、帰る事にします」

英子の言葉に井上はホッとした。

「帰るのでしたら、早い方がいいでしょう」

「その前にどこかで食事をしませんか？　お腹が空いたわ」

「じゃ、早めにすませて帰りましょうか」

「すみません。我儘ばかり言って」

井上はあえて何も喋らなかった。

湊宮から河内を通り、三原峠に出て、城崎大橋にさしかかった時、英子は急に、

「日和山海岸に行ってください」

と井上に言った。

日和山に向かう途中、建物に見え隠れする海は何故か英子を急《せ》きたてる。別に死に場所を探しているわけでもないのに、何故か英子の胸は締めつけられるように苦しくなった。

「英子さん、着きましたよ」

「ありがとう」

料金を支払って車から降りた。

「どうされますか？」

「少し歩きたいので、ここで結構です。ありがとうございました」

「でも、この時間ですから帰りがお困りだと思いますが……」

「あとでまた、電話します」

「それでは、僕の携帯を教えておきますから、こちらへかけてください」

「すみません」

　別れた井上はしばらく英子を見ていたが、売店脇のベンチに座ってじっと海を見ている英子が、ただ感傷に耽《ふけ》っているのだと思い、その場を離れ、また妙子に電話をした。

「ママ、今、日和山海岸で降りましたが」

「英子はひとりなんでしょう？」

「はい」

「駄目よ、ひとりにしないで。目を離さないでちょうだい。私もすぐ行きますから」

「わかりました」

　井上は元の場所に戻ったが、もう英子の姿は見当たらなかった。

　井上は責任を感じ、薄暗い日和山海岸を一生懸命に捜した。この時間になると、もう観光客の姿もない。井上は焦った。

「英子さーん、英子さーん」

　声を限りに呼んではみるが、何の返事もない。仕方なく、車に戻り、妙子を待つ事にした。微かに車のライトが見える。逸《はや》る気持ちを抑え切れず、その車の方に走り出したが、もう五十を過ぎている井上の息は上がっていた。

「ママ、いません。どこを捜しても見当たりません」

「ええっ？」

　妙子の顔色が変わった。

「どこで降ろしたの？」

「あの売店の脇ですが」

「こんな時間に何をしてるんだろう。まったく人騒がせな」

「最初から気になっていたんです」

「変だったの？」

「そうですね。何時間も口をきかなかったり、物思いに耽ったり、久美浜湾でぼんやり遠くを眺めたり、思い当たる事はたくさんあります」

「でも、よく知らせてくれたわね。ありがとう」

「いえ、気になったものですから。知らない人ではないし」

「どのくらい経つかしら？　英子がここに来て」

「一時間ちょっとですね」

「警察に電話をしようか？」

「もう少し、捜してみましょう。海岸でも散歩しているのかもしれないし」

「浜辺に下りられるの？」

「行けますよ。その辺りから」

「でも、暗いんでしょう？」

「さぁ？　夜に行った事がないのでわかりませんが、とりあえず行ってみましょう」

売店の裏手から下りて行ったが、そこは行き止まりであった。

「駄目ですね」

「じゃ、あのタクシー乗り場の方から行ってみましょう」

しかし、そこも行き止まりであった。

「マリンワールドの方から行くしかありませんね」

「やっぱり電話をしましょうか？」

「警察にですか？」

井上はどこかでこの情景を英子が見ているような気がして、あまり大騒ぎをするとかえって英子を動揺させるのではないかと考えた。

「ひと周りしてどうしても駄目だったら、そうしましょう」

「この時間ですからねぇ」

妙子は店の事も心配になっていた。

「井上さん、お仕事の方は？」

「今日はこれで上がります」

「お互い一度、仕事に戻りましょう。それから、また来ます」

そうして二人は日和山海岸を後にした。


その頃、新井は英子の部屋にいた。置屋に電話をし、英子が休みだと聞いて落ち着かない時間を過ごしていた時、妙子からの電話が鳴った。

「妙子ですが、新井さんですか？」

「はい。いつも、英子がお世話になっています」

「英子はいませんよね？」

「待っているんですが、まだ帰って来ません」

「ちょっと出て来られませんか？」

「何かあったんでしょうか？」

「タクシーの運転手さんの連絡で、朝からかぶと山公園とか久美浜湾に行ったらしいんです。そして日和山海岸で降りて、それから行方がわからないんです。とりあえず、お店に来ていただけますか？」

「すぐ行きます。ありがとうございました」

新井は車に飛び乗ったが、頭の中が真っ白になり、どこをどう走ったかも覚えていないほど気が動転していた。

店に着くと、妙子は店を閉め、外で新井の来るのを待っていた。

「警察に電話をしましょうか？　もう二時間以上経ってるんです」

「そうしてください。いや、僕が電話をします」

新井は震える手で受話器を取った。

「もしもし、城崎署ですか？」

「はい、そうですが」

「日和山海岸にすぐに行ってください。私たちもすぐに参りますから。女性が一人、二時間ほど前にタクシーを降りて、それから行方不明なんです。すぐお願いします」

新井は落ち着きなく、ただうろたえるだけである。

「行きましょう。ここで考えていても仕方がないわよ」

「そうですね。お疲れなのにすみません」

妙子の運転する車で泰子も一緒に日和山海岸に向かった。湯島を出て桃島辺りに来た時、後方からけたたましいサイレンの音とともに三台の車が通り過ぎて行った。その後を妙子は必死で追いかける。

そして、日和山海岸に着くと制服を着た警官が寄って来た。その時、マリンワールドの方から井上も駆け寄って来た。

「ご家族の方ですか？」

「いいえ、友人ですが」

「ご家族の方と連絡はつきますか？」

「はい。連絡をした方がよろしいでしょうか？」

「お願いします」

「じゃ、僕がしますから、妙子さんと運転手さんは今までの経緯をお願いします」

そう言って、新井は洋子に電話をした。長いコールの後にやっと洋子は電話口に出た。

「もしもし」

「夜分遅くにすみません。新井ですが」

「何でしょうか？」

「今、日和山海岸にいるんですが、英子さんの行方がわからないんです。警察の方も見えていますので、こんな時間に大変でしょうが来ていただけませんでしょうか？」

「英子が……すぐ行きます。日和山海岸ですね」

洋子は新井に礼を言うのも忘れ、アヤを隣家の友人に預け、慌ただしく家を出た。

英子が自殺……そんな事はない。でも、もしかして……日和山海岸に着く間、その事ばかりを考えて走っていた洋子のハンドルを握る手は、次第に力が入っていた。

海岸に着くと新井が走り寄って来た。

「あちらに行きましょう」

新井は洋子を警官の側に連れて行き、

「英子さんのお姉さんです」

と紹介した。

「話は大体聞きましたが、何かお心あたりは？」

洋子は新井の顔を見上げた。

「わかりません」

「海沿いを捜索していますので、しばらくお待ちください」

「お願いします」

興奮している洋子を見て、妙子は穏やかに話し出した。

「お姉さん、大丈夫ですよ。英子は馬鹿な事はしませんよ」

洋子は我慢できなくなったのか、海岸際に走って行き、

「英子……英子……」

と必死で名前を呼んだ。三人は洋子の側に駆け寄り、洋子を慰めた。

「新井さん、貴方がいけないのよ。貴方がしっかり英子をつかまえていてくれないから……優しい子だから、『私がいたら彼の将来が駄目になる』っていつも言ってたわ。でも、決定的な事は玲子さんだと思います。置屋に行って騒ぎ、私の家にも見えたんですよ」

「私の店にも来ましたよ。ねぇ、泰子?」

「嫌いよ、あんな女。何様だと思っているのよ。『芸者なんかに彼を渡さない』だって。何言ってんのよ、あんな女より英子さんの方がずっと女性的で理知的で優しいし……」

泰子は泣き出してしまった。

「あんたが一番いけないのよ。優しいふりして、女は優しくされればされるほど辛くなるものなんだから。何もわかっていないのよ、男って……」

「英子はいじらしいほど貴方を愛していたんです。だから玲子さんから、『あなたと結婚なんかしたら家族から見放されるわよ』って言われた時には本当に悩んでいました。こんな事は本人の問題ですから、私は何も言えなかったんです」

この時、一人の捜査員がやって来た。

「残念ですが、見当たりません。早朝からまた捜索を始めますので、今日はお引き取りください」

「どうしても駄目なんでしょうか?」

「僕はこの近辺を捜してみます」

「深夜は危険ですから、一度お帰りください」

「朝は何時頃、ここに見えるんですか？」

「七時には来ています」

「わかりました。それでは、そうします」

しかし、洋子は諦めきれず、捜索を続けるように何度も頭を下げたが聞いてはもらえなかった。

四人は洋子の家に行く事にした。皆、落ち込んでいる。特に気性の激しい泰子は家に着くまで新井を責めていた。


「狭い家ですが、どうぞ」

「すみません、お邪魔します」

「疲れてらっしゃるでしょう？　お風呂でもどうですか？」

「いえ、結構です」

「そうですか。それでは明日、朝が早いので休みましょうか」

「眠れそうもないけど、横になりたいわ」

「じゃ、新井さんはお隣の部屋でどうぞ」

「すみません」

新井は部屋を移って布団に入ったが、愛しい英子の事を思うとなかなか寝つけなかった。英子との夢はもう終わりなのか……英子はもう死んでしまったのだろうか……そう思っただけで新井の胸は痛んだ。泰子の罵倒《ばとう》に耐えられたのも、英子を愛していればこそである。

この時、新井はすでに一人で日和山海岸に行く決心をしていた。洋子の部屋を覗くとすでに眠っていて、妙子たちの部屋も覗いたが疲れているのであろう、二人ともぐっすりと眠っていた。じっとしていられなくなった新井は、そっと部屋の前を通り、静かに戸を開け、外に出た。英子が何事もなかったかのように自分の家にいるような気がした新井は、一度、英子の家に寄った。ドアを開けて部屋を見渡してみたが、やはり英子はいなかった。

再び車に乗り海岸へと向かったが、深夜にすれ違う車は一台もなく、何故か自分が哀れに思えた。日和山海岸に着くと恐ろしいほどそこは静かで、波の音だけが異常に大きく聞こえる。

車を人目につかない所に置くと新井は浜辺に下りたが、波の音が何故か自分を呼んでいるようで自然に身体が海に吸い込まれそうになった。波打ち際まで行くと、新井は大きな声で英子を呼んだ。

「英子……英子……どこにいるんだ、英子……」

靴も濡れ、ズボンも濡れているのに全く気にならない様子である。新井は必死で浜辺を歩いた。右に行ったり、左に行ったり。ひたすら歩き続けたが時間だけが徒《いたず》らに過ぎていくだけであった。新井は力尽きて、砂浜に座り込んで地平線を眺めていたが、しばらくしてまた歩き出した。そして、マリンワールドの方に歩いて行くと左手に林が見えた。新井はその方向に歩き出す。近づくとそこには一本の細い道があり、少し坂になっているこの道を疲れ切った身体でやっと上った。そして、ふらふらとあてもなく歩き出した時、すでに空は白々と明るくなっていた。

洋子の家では、新井がいないのに気がついていた。

「妙子さん、新井さんがいないんです」

朝に弱い妙子は少し不機嫌である。

「海岸に行ったんじゃないですか？　男だから大丈夫でしょう」

「英子を捜しに行かれたのでしょうか？」

「きっとそうですよ。今、何時ですか？」

「もうすぐ六時になります」

「泰子、起きなさい」

妙子は無理に泰子を起こした。

「何ですか？」

「泰子はいいから帰りなさい。今日は少し早めにお店に出てほしいけど大丈夫？」

「大丈夫です」

「そしたら、この鍵を持って行って。冷蔵庫を見て、何か足りない物があったら買っておいてちょうだいね」

そう言って、泰子にお金を渡した。

「何時になるかわからないけど、私も一度顔を出すからお願いね」

「英子さん、無事だといいですね。ママ、何かあったらすぐに電話をくださいね」

「わかったよ。気をつけて帰るんだよ」

「妙子さんもお帰りになって、ゆっくり休んでください。あとは、警察の方へお願いしますから」

「英子の事がはっきりしないと仕事も手につかないんです」

「そうですか。でも私は大丈夫ですから、休んでください」

そう言っている洋子の目も赤く充血していた。

「こんなに悩んでいた英子なのに、何の力にもなってあげられなくて辛いんです、私」

「妙子さんの事はいつも言ってましたよ。妙子さんがいなかったら私は何もできないって……本当に頼りにしてましたよ」

「私と同じ年なのに、生意気のようですがほんとに可愛かった。気持ちは少女のようで、純粋で、あんなに綺麗で……だから、英子の死に顔なんて見たくない、あの笑顔だけを思っていたいから。だから、だから……」

人前で涙を流した事のない妙子であったが、この時ばかりは声をあげて泣いた。それにつられて洋子も泣き出した。妙子は洋子の膝に顔を埋めて、いつまでも泣いていた。


その頃、日和山海岸では……。

平坦な道ではなく、浜辺を歩いていた新井は、へとへとに疲れた身体で必死に英子を捜していた。

林に入るとそこは真っ暗であったが、遠くの建物の明かりが時折、道を明るくしてくれる。観光客が歩いたと見られる道なき道を俯《うつむ》き加減に進んでいくと、そこに英子の好きだった白い野薔薇が咲いていた。誰に見られる事もない、季節はずれの一輪の花を見ていると、その花が何故か英子と重なり愛しさを感じた。その花を摘み、胸のポケットに差し込むと、また歩き出す。

そして、新井が諦めかけた頃、無理に人が分け入ったような不自然な場所が目に入った。新井は迷いもせず、その中に入って行ったが、先はどんどん険しくなるばかりである。諦めて引き返そうと左に目をやった時、目の高さよりやや上方に白い物が見えた。藁《わら》をも摑む気持ちでそれに近づいた新井は、ドスンとその場に崩れ落ちた。見覚えのある着物を見たその瞬間、新井の頭の中は真っ白になってしまった。

「英子、何故だ……何故なんだ……」

両足が乱れないように膝の辺りをきちんと結んであった。最悪の光景を目にした新井は、気が狂ったように英子の名前を呼び続ける。そして、英子が使ったと思われる台に上り、自分の手で英子を下ろし、冷たくなったその身体を摩《さす》った。

「馬鹿、馬鹿だよ、君は……どうして待てなかったんだ……」

何度も同じ言葉を繰り返しながら、自分が着ていた背広で英子を覆った。乱れている髪を直し、その髪に先程の白い野薔薇を挿した。

英子を抱きしめたまま、その場を離れようとしなかった新井であったが、

「辛かったろう。僕が悪かった。もう、一人にはさせないよ。さぁ、一緒に行こう」

そう話しかけると、新井の目には微かに英子が笑ったように映った。

「そうだよ。これからはずっと一緒だよ」

新井は英子を抱き上げ、険しい道を静かに歩き出した。

浜辺に着くと、新井は英子の右手と自分の左手を帯揚げで縛り、もう一度、英子を抱きしめて、そのまま日本海へと進んで行った。

その背後には、マリンワールドのアシカのあの独特な天を突くような甲高い声が聞こえていた。


その頃、洋子の家では相変わらず、妙子が英子の思い出話をしていた。

「まだ、死んだとは断言できないんだから、元気を出しましょう」

「すみません」

「もう、明るくなってきたわよ」

「私はこれから置屋に行ってきます。一応、女将さんにも話しておいた方がいいと思いますので」

「そうしていただけると助かります」

「とうとう、夜が明けてしまったわ……」

妙子は両手で顔を覆い、項垂《うなだ》れてしまった。

「お姉さんはアヤちゃんの様子を見にいらしてください。その間に食事の支度をしておきますから」

「そうですか。いろいろと気を遣っていただいてすみません。では、ちょっと」

洋子がアヤの様子を見るため、隣家の裏口から入ろうとした時、アヤがみんなと一緒に食事をしているのが目に入った。アヤを不憫《ふびん》に思ったのか、その後ろ姿を見ていた洋子の目から大粒の涙が零れ落ちた。

勝手口から中に入ると奥さんがお茶を入れていた。

「どうですか？」

「今のところは、まだ何とも……」

「そう……心配だわねぇ」

「今回は無理を言ってすみません。アヤは大丈夫でしょうか？」

「仲良くやっているので心配ないわよ」

「今日もどんな事になるかわかりませんので、よろしいでしょうか？」

「ご心配なく。それより、英子さんの方を」

「それでは、お言葉に甘えてよろしくお願いいたします」

家に戻ると、妙子はテーブルの前で洋子の帰りを待っていた。

「どうでした？　アヤちゃん」

「仲良くやっているようでした。アヤがここへ来た時からの付き合いなので気楽なんでしょう」

「アヤちゃんはみんなに可愛がられるから心配ないですよ。親が思うより子供はしっかりしているものなんだから……さぁ、食べましょう」

「頂きます。まぁ、私が作るより美味《おい》しいわ」

「味はどうだか。店で慣れているので早さだけは自慢です」

「不思議ねぇ。妙子さんといるとほんと落ち着くわ。英子が言っていた事は本当だったのね。こんなにいいお友達を持っているのに、どうしてもっと強くなれないのかしら……」

「お姉さん、今日はその話はやめましょう」

「そうね。ごめんなさい」

「食事がすんだら、すぐに出かけましょうね」

食べ終わった時には、もう八時を過ぎていた。お店に行くには少し早い時間であったが、妙子はじっとしていられず、家を飛び出して行った。その後、洋子も片付けをすませると、急いで日和山海岸に向かった。


海岸に着くと、妙子の姿は見当たらなかったが、昨日より大勢の人たちが捜索を開始していた。ロープを張り巡らせた、あまりにも大掛かりな捜査を見て、洋子は不安になった。しかし海岸の柵越しに日本海を眺めながら、英子の無事を祈っていた。

「お姉さん」

妙子が声をかける。

「早かったわねぇ」

「女将さん、お元気でしたか？」

「ええ。でも、心配してました。英子があまり元気なかったので二、三日お休みさせたそうです。詳しい事がわかったら、電話してほしいとの事でした」

「女将さんには大変お世話になっているんです。心配していらっしゃるでしょうね。申し訳ないわ……」

「お姉さん、捜索の進み具合はどうなっているの？」

「ロープがあるので中に入れないんです」

「でも、家族なんだから話せば大丈夫だと思うけど……。私が聞いて来ます」

妙子がロープを潜り抜けようとした時、一人の警官が、

「駄目、駄目」

と大声を出しながら駆け寄って来た。

「ロープから中には入らないように」

妙子は警官の顔を見た。

「あら、金子さんじゃないの」

「やぁ」

若い警官は照れ臭そうに敬礼をする。

「今、どうなってるの？」

「何とも言えません」

あまり親しげに話をするので、金子は勤務中のためか迷惑そうな顔をしたが、お構いなしに話しかける妙子である。

「教えてよ。私の同級生なのよ。あの人がお姉さんです」

「そうでしたか。ちょっと待ってください」

少し離れたところに年配の私服の男性が立っていた。金子は少し、その人と話をすると一緒に妙子の側にやって来た。

「お姉さん」

妙子が手招きすると、洋子は走って来た。

「ご家族の方ですか？」

「はい。姉の洋子と申します」

「今、林を重点的に捜しています。お昼には終わると思いますが、それでも見つからないようでしたら、午後から海底捜索をしますので、ご心配でしょうがお家の方でお待ちください。何時になるかわかりませんので、その方がいいでしょう。連絡先をお願いします」

洋子は出された用紙に住所と電話番号を書いた。

「よろしくお願いいたします」

用紙を受け取ると、その警官らしい男性はまた元の場所に戻って行った。

「妙子さん、それでは帰りましょうか？」

「仕方がないわね。私は一度、家に帰りますが何かあったらすぐに電話をくださいね。ずっと家にいますから」

「いろいろとありがとうございました。ご面倒かけると思いますが、よろしくお願いします」

「お姉さん、気を落とさないでくださいね。大丈夫ですよ。英子は必ず生きています。希望を持ちましょうね」

「ありがとう」

「それでは、家にいますから必ず連絡をください」

妙子と別れた後、洋子は売店の脇のベンチに座り、重苦しい心で日本海を眺めながら、幼かった頃の事を思った。

母が突然家を出た時、毎日のように泣いていた英子。父がこの世を去った時、自殺するなんて弱虫よと言って泣いた英子。アヤを産んで途方に暮れていた時の英子。そんな時には、いつも姉である洋子が慰めていたのである。いろんな英子の姿が洋子の脳裏をかすめた。

この時、洋子は初めて、英子のあまりにも弱い心に怒りを感じた。何故、もっと強くなれないの。何故、自分の意志で生きていけないの。何故、何故……悔やんでも、悔やんでも、悔やみきれない洋子であった。

洋子は今、声を上げて泣きたかった。しかし今、感情の糸が切れ、それに負けて泣いてしまうと、一生涯その涙が止まらないような気がしてならなかった。

そして、その重苦しい心のまま家に帰り、アヤを迎えに行った。


「ごめんください」

何度呼んでも返事がない。洋子が、「今、戻りました。お帰りになりましたらお電話ください」というメモを置き、帰ろうとした時、

「ままー」

アヤの声がした。

「アヤ。お利口にしてた？」

「うん。ファミリーマートにいってたの。おばちゃんにこれかってもらったー」

「すみません。お世話になっているのに、こんな物まで……」

「いいんですよ」

二人が話をしている間に、子供たちは部屋に入り騒ぎ出した。

「すみません。いつも、ああなんですか？」

「子供はあれでいいんですよ。危ない時以外は放っておくんです。子供はのびのびと育ってほしいですよね」

「ほんとにそう思います」

「英子さんはどうでした？」

「それがまだ……警察の方から家で待機しているようにと言われましたので、帰って来たんですが……」

「ご心配ですね……私にできる事があったらおっしゃってください」

「いいえ、アヤを見ていただいているだけで助かります。今は林の方を捜索していただいているんですが、お昼から海底捜索をするようです」

「そうですか……」

「これから出かける所がありますので、アヤをよろしくお願いします」

「気を落とさないでね」

「はい。ありがとうございます」

そして、洋子はまっすぐ英子のアパートに行った。鍵を持っていない洋子は、隣の住人にこのアパートを手掛けている不動産会社を教えてもらい、湯島へ向かった。

「すみません」

洋子がドアを開けると、日高が机に向かって仕事をしている。

「何か？」

「あの……英子の姉ですが……」

「あぁ、お姉さんですか」

「英子をご存じなのでしょうか？」

「ええ、知ってますとも。あの美しさですからねぇ。時々、座敷でやるんですわ」

と飲む仕草をした。

「そうですか。いろいろお世話になったようで……」

「何かあったんですか？」

「実は、英子の行方がわからないんです。昨日、日和山海岸でタクシーを降りてから、それ以降ぷっつりと。それで、英子の部屋の鍵をお借りしたいと思いまして」

「何時頃ですか？」

「夜十一時過ぎだそうです。タクシーを降りたのが」

「十一時……そんな時間に何をしに行ったんだろう。とりあえず、私も一緒に行きましょう」

「お願いします」

洋子は車をそこに置き、日高の車で英子の部屋に向かった。

綺麗に整った英子の部屋で何か手掛かりはないかと探したが、それらしい手掛かりは見つからなかった。

「それらしい物はありませんね……」

洋子はその言葉に、また胸を詰まらせた。

「大丈夫ですよ。そんなに考え込まない方がいい」

「馬鹿な事はしないと思っているのですが、警察の方があれだけ捜しても駄目なんです。午後には海底捜索が始まります。ここまで来るとどうしても悪く、悪く考えてしまって……」

「その気持ちはわかりますが……ほかに英子さんの物が置いてある所はないんですか？」

「置屋に移る時に自分の物は持って行きましたし……そうだわ、家に英子の机があります。この前、何か書き物をしていたわ。どうして早く気がつかなかったんでしょう」

「送りましょうか？」

「いえ、また車を取りに来るのは大変ですから、日高さんのところで結構です」

「じゃ、早い方がいい」

洋子は何故か胸騒ぎがした。

日高の会社に着いて車から降りようとした瞬間、足がもつれて転んでしまった。今までにない、異様な動揺があった。

「ありがとうございました」

「元気を出して。何かあったら、いつでもお手伝いしますから言ってくださいよ」

「はい」

洋子は逸《はや》る気持ちを抑えて車に乗った。同じ湯島にある自宅には五分足らずで着いた。

洋子は荒々しく戸を開けると、英子がいつも使っていた机の引き出しを開けた。その中には、洋子の予想通り、いろいろな人に宛てたたくさんの封筒が入っていた。置屋の人たち、妙子さん、薬局の女将さん等々、知人に宛てた十一通の手紙が入っていた。

洋子はその中から自分宛の封筒を取り出したが、それを開ける事がどうしてもできず、妙子に電話をしてしまった。

「洋子です。お疲れのところすみません。英子の机の中から遺書らしいものが見つかったのですが、開ける勇気がないんです。ちょっと来ていただけますか」

「遺書って、お姉さん宛にですか？」

「ええ、もちろん。妙子さん宛の手紙もありますが、知人の方でしょうか、十一通あります」

「今すぐ、行きます」

「お願いします」

電話を切った後、部屋の中をうろうろしたり、その辺りを片付けてみたり、水を飲みに行ったり、何度も時計を見ては溜息をつき、とうとう待ち切れなくなった洋子は外に出た。そして、妙子を見つけるとその手を引っ張って部屋に入り、まず、自分宛の手紙を渡した。

「私、開ける勇気がないんです。読んでいただけますか？」

「いいんですか？」

「お願いします」

妙子はハサミで綺麗に封を切ると、それを読んだ。

「洋子姉さんへ
小さい時から心配のかけ通しですみませんでした。

姉さんがいるから、アヤがいるから生きていよう。何度もそう思いました。

でも、私がいるとみんなに迷惑をかける。大切な人まで親をなくしてしまう。社会的地位までも駄目にしてしまう。だから、この道を選びます。

最後まで姉さんには迷惑をかけますが、馬鹿な私を許してくださいね。

アヤの事を心配しないで旅立てる事が、最高の幸せです。

姉さん、私が死んでも泣かないでね。

三十七年間、本当にありがとうございました。

姉さんとずっと一緒にいたいから、あえてさよならは言いません。

もっともっと書きたい事はありますが、疲れ果てました」

妙子がここまで読むと洋子は耐えられなくなったのか、

「もういいよ、もう書かなくていいよ。姉さん、よくわかったから……英子、可哀相な英子……」

洋子は肩を震わせて泣いた。

妙子の顔も涙でくしゃくしゃで、

「もう、読めません」

そう言うと、読み残しの手紙を机の上に置いた。

「私、英子から手紙を預かっていたんです。新井さんに渡してほしいって……これなんですけど……」

「でも、新井さんはどこへ行かれたんでしょうね？」

「連絡先、わかりますか？」

「いいえ」

「今度、会った時に渡します」

そして、洋子は震える手で英子からの手紙を妙子に渡した。しかし、妙子はまた、洋子が悲しむと思ったのか、

「もう少し、気持ちが落ち着いてから読みます」

そう言って、手紙をバッグの中にしまった。

「ほかの手紙はどうしましょう？」

「知っている人には届けましょうか」

二人は封筒の宛名を調べ始めた。

「全部、湯島の方だわ」

「早い方がいいわ。これから、私が行って来ます。お姉さんは家にいてください」

スカートをあまりはかない妙子は、ズボン姿で勇ましく出て行き、最初に置屋に寄った。

「ごめんください」

妙子の声で一人の芸者さんらしい女性が出て来た。

「あの、女将さんいらっしゃいますか？」

「どちら様でしょうか？」

「妙子と申します」

「しばらくお待ちください」

するとと奥から、

「お上がり」

と女将の声がした。

「お久しぶりです」

「頑張ってるようだね」

「お陰様で、何とか」

女将は何事に対しても敏感である。妙子の落ち着きない対応で何かを感じ取ったようである。

「どうしたの？」

「な、何ですか？」

「何か、用があって来たんでしょう？　何となく落ち着きがないよ、今日のあんたは。いったい何があったんだい？」

「実は……英子が……」

「見つかったのかい？」

「いえ、まだですが、女将さん宛の手紙が出て来たんです」

「私に？」

妙子はその手紙を女将に渡した。

しばらくその手紙を読んでいた女将の顔がゆがみ、その目から涙が零れた。着物の袖で何度も涙を拭い、途中で、

「馬鹿だよ英子は、ほんとに馬鹿だよ」

そう言って、また読み出す。そして、読み終わると深く溜息をついた。

「死ぬ気なのかね、あの子は……死んだら、もう終わりだよ。死んで何になるんだい、まったく……」

そう言いながらも、女将は嗚咽《おえつ》を漏らした。

「今、どうなっているんだい？」

「今日の午後から海底捜索が始まるそうです」

「何て事だよ……あんなにいい子なのに。無事ならいいが……」

女将はタバコを消し、神棚に英子が無事でいますようにと何度も手を合わせると、またタバコに火をつけた。

「女将さん、これから行く所がありますので、これを渡してください」

妙子は里子への手紙を女将に渡して置屋を出た。そして、全ての人に手紙を渡して戻ったのは、洋子

が掃除をしている時だった。

「行って来ました」

「ありがとうございました」

「お姉さん、私がしますから休んでいてください」

「身体を動かしていないと気が滅入《めい》ってしまうんです。妙子さんは大丈夫なの？」

「私は大丈夫です」

「もうすぐ、お昼だわね。お腹は空かないの？」

「気が張っているせいか、それほど空いてもいないわ」

「私もそうなの。それじゃ、もう少し後にしましょうね」

洋子が掃除を終え、座ろうとした時に電話が鳴った。洋子はてっきり警察からだと思い、慌てて受話器を取った。

「もしもし。アパートに行ってもいつも留守なのでそちらだと思うのですが、英子さんいますか？」

「いえ、いませんが、どちら様でしょうか？」

「新井一の母でございますが、用事があるというのに全然家に寄りつかないんです。どうせ、妹さんが引き止めているんでしょうけど。大事な話があるんです。出してくださいな」

「本当にいないんです」

「お姉さんなら、行き先ぐらいはご存じでしょ？」

「昨日の夜から英子には会っていませんし、新井さんも昨日見えましたが、夜に帰られたと思いますが……」

「彼女がいない所へ、どうして息子が行くんですか。おかしいじゃないですか」

「英子は今、行方不明なんです。英子を心配されて見えたのですが、途中で帰られたと思います。それ以降の事は、私、わかりません」

「行方不明だなんて、お上手だこと」

洋子は母親のあまりの常識のなさに感情的になっていた。

「もう一度申しますが、英子の行方はわからないんです。これ以上の事は申し上げようがございませんので」

電話のやり取りを聞いていた妙子が、洋子から受話器をもぎ取った。

「あんたね、あんたがそんな具合にわからず屋だから、英子がこんな事になるのよ。新井院長の母親だか何だか知らないけど、今頃、二人は心中でもしてるんじゃないの。息子の幸せを考えるのが親ってもんでしょうが。もし、英子が死んだら、あんたが殺したのと同じ事だよ。わかった?」

「一も一緒という事なのかしら?」

「そんな事知らないわよ。用がなかったら切りますよ」

妙子は荒々しく電話を切った。

「失礼な事を言ってすみませんでした。英子からいろいろ聞いていたので、腹が立って。すみませんでした」

「いいんですよ。私もあれ以上話していたら同じ事を言ってたわよ、きっと」

「もう、海底捜索は始まったんでしょうか。……待ってる時間って長いですね、お姉さん」

「私の心臓は止まりそうよ。ほんとに辛いわ」

「少し、休みましょうか？」

「ええ、昨日から私もあまり寝てないから、少し疲れたわ」

二人は電話のある部屋で横になったが、その後すぐに眠ってしまった。

そして、二時間ぐらい眠ったであろうか、電話のベルで目が覚めた。

「はい、中村ですが」

「城崎署ですが、男女二人の心中と見られる遺体が見つかりました。確認のため、すぐ日和山海岸に来ていただけますでしょうか？」

洋子は受話器を持ったまま、身体の力が抜けたように崩れ落ちてしまった。

代わって妙子が電話に出た。

「お電話、替わりました」

「男女二人の心中と見られる遺体が見つかりましたので、確認のため、日和山海岸へご足労願いたいのですが……」

「すぐ参ります。ありがとうございました」

「お姉さん、お姉さん、しっかりして」

洋子は放心状態のまま座り込んでいて、妙子の言葉も耳に入らない様子である。

「お姉さん、行きましょう。早く」

洋子は思い出したかのように泣き出した。

「英子じゃないわよね、妙子さん。英子じゃないわよね……」

信じたくない洋子は、頻《しき》りに同じ言葉を繰り返した。

「しっかりして。私につかまって。いい？」

裸足のまま出ようとする洋子に靴を履かせ、その肩を抱いて車に乗せた。

「アヤ、アヤ」

洋子は幾度もアヤの名前を呼んだ。

「ちょっと待ってて、すぐ戻るから」

妙子は隣家に走って行った。

「すみません、すみません」

妙子のあまりにも大きな声に驚いたような顔で、奥さんが出て来た。

「今、遺体が見つかったそうで……」

「英子さん……確かなの？」

「いえ。警察から電話がありまして、心中遺体が見つかったので確認に来るように言われました。洋子さんと行って来ます」

それだけ言うと、車を飛ばした。

洋子はその間、少し震え気味の両手で顔を覆ったままひと言も喋らずにいた。焦る妙子もそれが英子でない事を願いながら、次から次へと前の車を追い越して行く。右手に見える日本海の景色も、今日の二人には無きに等しいものであった。

日和山海岸に着くと、売店の右手から見下ろせる浜辺に青いシートで覆われた、それらしい光景が目に入った。その周りには無数の人がいて、写真を撮っている人、遺体らしいものを繁々《しげしげ》と見つめている人、ダイバーもいる。

妙子はロープの中に入り、昨日の警官のところへ行った。

「お姉さんが見えていますが」

「一緒にこちらへ」

妙子が車に向かって手招きをするが、洋子は一向に出て来ない。何度呼んでも出て来なかったが、妙子が側まで行った時、やっと車から出て来た。

「行きましょう」

「嫌だわ。もし、英子だったらどうしたらいいの……」

「警察の方は心中遺体と言ったわね。きっとほかの人だわよ。あの夜、英子はもういなかったんだもの。英子じゃない、絶対に英子じゃない」

そして、警官の側に行った。

「昨日はどうも。捜査員の一人が英子さんだと確認しています。男性の方にお心当たりはありますか？」

「ほんとに英子なんですか？」

「はい。間違いないと思いますが、ご家族の方が確認なさってください」

洋子は妙子の肩を借り、その場へ行った。

「お姉さん、お願いします」

警官が青いシートを捲《めく》り、洋子は恐る恐る覗いたが、英子だとわかると確認の返事をする間もなく気を失ってしまった。

警官は妙子に確認を頼んだ。洋子の姿を見ていると、それが英子である事は一目瞭然であった。妙子が巻かれているシートを覗くと、見る影もない英子の顔がそこにはあった。

「間違いありません。英子です」

「それでは、この男性にお心当たりはございますか？」

紛れもなくその男性は新井であった。

「この男性の身元はおわかりでしょうか？」

「大体の事はわかりますが……」

「どちらの方でしょうか？」

「豊岡の新井病院の院長で新井一さんですが……」

年配の警官は、部下にすぐ家族の方に連絡するよう命じた。

その間に正気を取り戻した洋子は、青いシートをじっと見ているだけである。

「お姉さん、もう一度、確認されますか？」

洋子は力なく首を振った。

「それでは、これから解剖に回しますので、明日の十時に署の方へお越しください」

署員が遺体を運び去ろうとした時、洋子は、

「待ってください」

と言うと、英子の元へ駆け寄った。そして、乱れた髪を撫でながら話しかけた。

「英子、これからずっと新井さんと一緒よ。よかったね。幸せになるのよ……英子、アヤの事は心配しないで。姉さんがついているから大丈夫よ。明日また、会おうね。必ず、姉さん行くから、待っててね……英子」

署員が運ぶ、その後ろ姿を見つめながら、現実を知った諦めと落胆とが入り交じり、ぼんやりと見送るだけの洋子と妙子であった。

それから洋子は、一面に広がる日本海を見渡すと、声を振り絞り英子の名前を呼んだ。

「英子……」

側で見ていた妙子の目からも涙が溢れ、流れ落ちていた。

英子がけたたましいサイレンの音とともに県道三号線に消えていった後、二人は無言のまま車に乗り、家に着くまで話をする事はなかった。妙子には、何と言って今の洋子を慰めればいいのかその言葉が浮かんでこない。

家に着くと洋子は、いつも英子が使っていた机の前に座り、愛しげにその机を撫でた。

「いつも、英子はここに座っていたのよ。楽しい時も、悲しい時も、いつもここにいたのよ。私はそれ

を遠くから見ているだけだった。姉なのに、どうしてもっと英子の辛さをわかってあげられなかったのかしら。こんな姉を持っていた英子が可哀相だわ……」

「お姉さん、それは間違いだわ。英子はいつもお姉さんの話をしていたのよ。感謝してるって。『お姉さんがいなかったら、私、どうなっていたかわからない』って言ってた。だから、そんなふうに考えないで。自分を責めるのはやめてください」

「そうだったの……こんな事になるんだったら、もっと優しくしてあげればよかった。知っての通り、英子はあの通りののんびり屋でしょう。そのことを怒ったりして……」

「私も同じですよ。よく怒ったわ。この通り気が長い方ではないので、『だから、何なの?』『はっきりしてよ』『じれったいわね』なんて……きっと今頃は、反対に英子が怒ってるんじゃないかしらね……」

「思い出すときりがないわ」

「英子は本当に優しかった。そして、人との思い出を大切にしていた。だから、日和山海岸を選んだんだと思います。一度、二人で行った事があるんです。その時、言ってました。『素敵ね。私はこの景色が大好き。こんな綺麗な所で死ねたら幸せだわ』って。その時は、『何を馬鹿な事言ってるの』で終ったけれど、もうあの時から死を覚悟していたなんて……」

「妙子さん、どう思います? 新井さんはどこで英子を見つけて下さったんでしょうか?」

「んー、私もあの時から考えているんだけど、どうしてもわからないんです」

「きっと、英子が新井さんを呼んだのね。これからは誰にも邪魔される事なく、一緒にいられるんだわ」

「これからは幸せになってくれないとね……」

「妙子さん、いろいろありがとうございました。もう大丈夫ですから」

「ほんとに大丈夫ですか？」

妙子はまだ、洋子が心配であったが、店の事もあり、この日はこれで家に帰る事にした。

一方、洋子はアヤを迎えに隣の橋本家に行ったが、アヤはもう眠っていた。

「英子の事ではご心配をおかけしました。やっと見つかりました」

「やはり、そうだったんですか？」

「明日、十時過ぎに連れて帰ります」

洋子の言葉に橋本夫妻は目頭を押さえ、それにつられて洋子もまた悲しくなった。

「それでは明日、アヤを迎えに来ますのでよろしくお願いします」

洋子はその足で英子のアパートに行ったが、どこをどうしてよいのかわからず、結局、すぐに家に帰って来てしまった。そしてその夜、どうにもならない現実を受け止め、久しぶりに早く床に就き、朝までぐっすりと眠った。


翌朝、七時に起きた洋子は、通夜のための片付けを始めた。品物が並んでいた時には狭く感じたこの店も、棚をどかすと思ったより広く感じられた。片付けも終わりに近づいた頃、妙子が入って来た。

「おはようございます」

「おはよう。ゆっくりお休みになれましたか？」

「はい。お姉さん、もう時間ですよ。早くしてください」

「もう、そんな時間なの？　ちょっと待ってて……」

洋子はすぐに着替えをしてきた。

「これからが大変ですね」

「頑張るわ」

「三日間お店を閉めますから、ずっとお手伝いします」

「悪いわね……」

「英子の事を放ってはおけないもの」

「昨日あれから、英子の手紙を読んだんですが、妙子さんに借金があるそうで……ごめんなさいね、知らなくて」

「いいんですよ、お姉さんは気にしなくても。私が勝手にした事ですから」

「大金ですもの。私に返済させてください」

「無理をしないで」

「後でまた、お話ししましょう」

「いつでもいいですから……でも、お姉さんが元気になられてよかったわ」

「心配かけたわね」

円山川に沿った国道三号線の左側に、城崎警察署が見えてきた。署を目の前にした時の洋子は、少し緊張気味であった。

正面から入った二人は、警察という異様な雰囲気の中で手続きをすませ、係官と一緒に英子の待つ部屋に行った。扉が開くと、そこには二つの柩《ひつぎ》が並んでいた。

洋子は、この殺風景な部屋から早く英子を連れて帰りたかった。前もって連絡していた友人たちはすでに表で待機している。そして、英子を連れて帰ろうとした時、新井の家族が入って来た。

新井の母親は柩を覗くと、場所をわきまえず大声で泣き出してしまい、

「だから言ったでしょう。芸者なんかと付き合うからこんな事になるのよ。親の言う事を聞かないからこんな姿になるのよ」

言いたい事を言う母に、隣にいた青年が、

「よしなさい」

と声をかけた。

「この人が悪いのよ。一は騙されていたのよ」

「よさないか、こんなところで失礼じゃないか。男女の問題でどちらが良い、どちらが悪いという事は言えないんだよ、母さん。それより母さんがもう少し理解を示してくれれば、こんな事にはならなかったんだ」

「それじゃ、私が悪いとでも言うの？」

「こちらの家族の方も同じ悲しみを背負っておられるんだ」

兄であろう新井によく似たこの青年は、洋子に外へ出るよう目で合図をした。廊下に出ると、

「すみません。母は感情的になっているので……一刻も早く……」

そう言うと、また部屋に入って行った。

洋子は外で待っている人たちに頼み、英子を家に連れて帰る事にした。女手しかない洋子のために皆が協力してくれる。


洋子と妙子が署に行っている間、隣の橋本夫妻がすでに通夜の準備を終えて、大勢の親しい人たちと一緒に英子の帰りを待っていた。

車が着き、白い布に覆われた柩を見ると、あちこちからすすり泣く声が聞こえてくる。特に、英子を子供のように可愛がっていた薬局の女将は柩を見るなり駆け寄って来た。

「英子ちゃん、どうしてお母ちゃんに言ってくれなかったのよ。辛い事があった時には、いつも話してくれたじゃないか。お母ちゃんにも言えない事があったのかい」

英子を運んでいる間、女将はずっと話しかけていた。

そして、その夜も女将は片時も英子の側を離れようとはせず、

「英子ちゃん、もう六時だよ。お客さんが待ってるよ。仕事に行く時間だよ」

泣き腫らした目を擦りながら、いつまでも話しかけている女将である。

以前付き合っていたほとんどの人が通夜に訪れた。祭壇に飾ってある英子の写真を眺めては思い出にふける参列者。その横に洋子とアヤが座っている。洋子は参列者の悔やみの言葉に毅然《きぜん》とした姿で対応しているが、この状況をはっきり理解できないアヤは、知っている人たちにニコニコと愛嬌を振り舞い

ている。その姿がまた参列者の涙を誘った。

質素な英子の通夜とは反対に、豊岡市中谷の新井の家では、大勢の著名人が集まり豪華な通夜が行われていた。

そんな中、参列者の応対に忙しくしている洋子を、突然、新井の兄が訪ねて来た。

「この度は、何とお悔やみを述べたらいいものか……昨日は、母が大変失礼な事を申しまして、すみませんでした」

「いいんですよ。あんな状況の中での事ですから、気になさらないでください」

「あの、お線香を……」

母親と違い、礼儀正しい新井の兄に対して洋子は何の抵抗もなく部屋に通した。

そして、兄は焼香をすませると、

「母があの調子ですから、私どもの事はどうぞ気を遣わないようにお願いします」

そう言って帰って行った。

洋子は英子にその事を告げた。

「英子、新井さんのお兄さんが来てくださったわよ。よかったわね。英子はこれからどうしてほしいの？　お父さんのところへ行きたいの？　城崎にいたいの？」

ひとりで話している洋子の側にアヤが来た。

「まま、だれとおはなししてるの？」

「お姉ちゃんよ」

「アヤもおはなししたい」

洋子がアヤを抱え上げると、アヤは不思議そうに英子を見た。

「おねえちゃん、ねむってる」

「そうよ。お姉ちゃんは眠っているの。このままお星様になるのよ」

アヤは洋子の言っている意味がわからず、

「ふーん」

と言っただけで、洋子から離れて行った。


参列者もいなくなった夜九時過ぎ、洋子は妙子にアヤを預け、日和山海岸に出かける事にした。

「妙子さん、少しの間、アヤを見ていてください」

「お出かけですか？」

「一時間以内に戻りすので、よろしくお願いします」

「いいですよ。行ってらっしゃい」

洋子は喪服のままの格好で車に乗った。

海岸に向かう途中、警察に寄り、捜索のお礼を述べて、それからまっすぐ日和山海岸に行くと、売店にはまだ明かりがついていた。

洋子は車から降りると、ゆっくりと日和山海岸の表示のあるところまで行き、ベンチに腰を下ろした。

そこは、日本海が一望できるとても美しい場所である。観光客も少なくなった夜の日和山海岸は、とても静かであった。

今日の洋子は、以前とは全く違った感覚でこの海岸を眺めている。静かに目を閉じると、英子と新井が楽しそうに浜辺を駆けて行く姿が思い浮かび、また洋子の目に涙が溢れた。そして、日本海に向かって、

「英子……幸せになるんだよ……」

と声を限りに叫んだ。

二人が命を落としたあの日も、今日と同じくとても穏やかな日であった。


（了）

[著者プロフィール]
井上 あゆみ（いのうえ あゆみ）
1950年生まれ、宮崎県出身
3歳でドイツに渡り、9歳の時西ドイツ（ボン）から帰国
宮崎県立大宮高校卒業
21歳から手工芸を学ぶためパリ、イングランド、アフリカ等々世界を駆け巡り、2002年帰国

城崎の夜

2003年3月15日　初版第1刷発行

著　者　井上 あゆみ
発行者　瓜谷 綱延
発行所　株式会社文芸社
〒160-0022　東京都新宿区新宿1－10－1
電話　03-5369-3060（編集）
03-5369-2299（販売）
振替　00190-8-728265
印刷所　東洋経済印刷株式会社

ISBN4-8355-3846-3 C0093